即使只是微弱的光芒

아주 희미한 빛으로도

崔恩榮——著
최은영
胡椒筒——譯

目次

即使只是微弱的光芒

她的課程從星期五下午三點半開始。

短髮的她戴著棕色鏡框眼鏡，乍看之下非常年輕，一點也不像講師。她的聲音低沉而沙啞。英文系的課程要求用英文授課，所以她用英文做了介紹。

「這門課的目標是用英文寫散文。」

她用帶有濃重韓國口音的英文說道。我坐在教室裡揣測，面對這麼多英文講得和母語一樣流暢的學生，韓國口音仍存的她用英文授課壓力肯定不小。我可以感受到她在努力讓發音標準，而且在需要強調的部分提高了嗓音。

我可以聽清並理解她講的每一句話。

介紹完課程後，她回答了同學們的提問。英文流暢的學生最先提出問題。她聆聽大家的提問，不理解時還會請學生再講一遍，然後認真作答。星期五下午的課程，我在尚未決定是否選擇這門課程的情況下走進了教室，但看到身穿暗色系衣服的她，用帶有濃重韓國口音的英文一字一句說出自己的想法後，我在問答快結束時，隱約地預感到自己會喜歡這門課。

每堂課，大家都要閱讀她選的英文散文集，並且交出一篇A4紙長短的散文。該讀的書很多，所以在選課調整期間，很多學生取消了這門課，最後只剩下十五名左右的學生。

第一堂課，我們讀了喬治·歐威爾出任緬甸警官時寫的散文集。她領著我們一行一行閱讀，逐一做了講解。

怎麼說好呢？我喜歡這門課的一切。無論是地下教室的水泥牆因長期潮溼而散發的涼意，還是黑芯水性筆的筆尖摩擦廉價彈簧筆記本的觸感，就連她低沉的聲音迴盪在小小的空間裡也讓我十分滿意。我也喜歡她選的那些散文集。每當她用自己的觀點詮釋那些我一目十行的字句時，我的腦海中就會亮起一盞燈。我喜歡這樣的瞬間。每當內心深處難以言喻的感受化成文字時，我就會倍感幸福。我安靜地坐在教室裡，恍然意識到，這就是我長久以來一直在尋找的幸福。我時而莫名地流下眼淚，因為覺得自己徬徨太久了。

九年前，二〇〇九年第二學期，那時二十七歲的我是大三的插班生。

第四週上課那天，剛好是我生理期的第三天。通常我在生理期開始的前兩天經血量比較多，第三天便會減少，第四天則幾乎接近尾聲。在銀行工作的時候，沒有時間去廁所，只能使用導管式衛生棉條——雖然在公廁使用衛生棉條不是一件容易的事。我經痛嚴重，每次生理期都要服藥，但經血的量從未影響到生活。開始出現問題好像是在考插班生的時候，有時會突然大量出血，因此每次生理期我都十分小心。而那天是第三天，上課前也換了衛生棉，我以為不會有什麼大問題。

三個小時的課程沒有休息時間，我穿著牛仔褲和短版襯衫。課上到一半時，我感覺到血滲透了褲子。我坐在教室後面，與其他人離得很遠。眼下既無法尋求幫助，也沒有可以遮擋的外衣，只能束手無策地堅持到下課。褲子被血浸溼了，臀部涼涼的。下課後，就在我磨磨蹭蹭不知如何是好時，大家都走出了教室，只剩下我和她兩個人。我很慌張也覺得很難為情，但也相信她會伸出援手，於是我叫住了她。

「老師。」

起初她沒聽見，我又叫了幾聲後，她才看向我。

「我……我突然流了很多血……」

我示意無法離開座位，她朝我走來，脫下自己的黑色夾克。

「先用這件衣服遮一下吧。」

我起身把她的夾克圍在腰間。低頭一看，木椅上也都是血漬。她從包裡取出溼紙巾遞給我。我擦了幾次椅子，才用在學校門口收到的廣告傳單包好放進書包裡。我還沒來得及道謝，她便先開口問道：

「妳住哪裡？」

「二村洞。」

「那去我家換套衣服吧。」

她看著我笑著說。我始終記得那一瞬間與她拉近距離的感覺。

「走到我家十分鐘，很快的。」

我跟隨她走出教室。走在她身後，我這才發現她比在教室裡看到的還要矮小。

「今天是第三天，我一時大意……剛才下午還好好的。」

「妳叫熙媛吧？」

「嗯。」

「別太在意，誰都會這樣，我之前也有一次……」

走在路上，我們聊起了生理期遭遇的尷尬狀況。剛剛在教室感受到的心慌意亂似乎漸漸融化在與她的對話中。儘管如此，為了換下滲有血漬的褲子，前往第一次開口講話的講師家，還是讓我覺得很尷尬。快到她家的時候，她突然開口說道：

「妳上週寫的散文很有意思。」

聽到她這樣講，我漲紅了臉。她說的那篇散文，寫的是我二十四到二十六歲，在銀行工作期間的所見所聞。

「所以……妳是重讀大學囉。」

說完，她停下來看了看我，就像我們似曾相識，彷彿我在進銀行工作前我們就已經認識了。

「改變軌道不容易。妳好酷喔。」

她住的單人房位於五樓。房間很寬敞，除了單人床、三人用皮沙發、衣櫃、雙人餐桌和大書桌以外的地方都堆滿了書。她從衣櫃裡找出運動褲和裝有未拆封內褲的盒子。

「新內褲最好洗一次再穿，但現在沒辦法了。」

我不知所措地站在她面前，接過她手中的衣服走去廁所。

我換好衣服出來，她看向我：「褲子也太短了吧。但這條已經是最長的了。」說完，她呵呵笑了起來。

「要不要喝杯茶？有薄荷茶和博士茶，也有巧克力。」

我婉拒了，卻又覺得換完褲子立刻走人很尷尬，還是怯生生地走到餐桌前坐了下來。我們啜飲著燙到不行的博士茶，吃著從冰箱裡取出的凍得硬硬的黑巧克力聊起了天。透過對談，我瞭解到她在三年前考取到博士學位，這是第一次教科系的課程。

我也講了自己在銀行上班的事，以及在銀行工作期間遇到的形形色色的人。她前傾上身，時而隨聲附和，時而提出問題。

「我一直很好奇。」

我說道。

「好奇什麼？」

「人啊。我會想像那個人為什麼那樣？他為什麼那麼做？接待客人的時候，也會遇到很想私下聊一聊的人。」

「妳的好奇心還真強。」

她笑著說。相同的表情之後又出現了幾次。她用日後我想起她時，最先想到的表情看著我。那種俏皮的表情會讓我誤以為自己是一個很有趣、很搞笑的人。

我既不有趣也不搞笑。在某些人眼中，我不過是約聘的銀行職員、需要減肥的女生、處理工作的機器、吐苦水的對象，甚至是一個沒有情緒、想法和自己的語言且無力反擊的玩偶。我不知所措地笑了笑，表示該回家了。

「我洗好衣服，下週再還給妳。」

「不用洗啦。但妳想洗就洗吧。」

我拿起書包準備離開時，她問道：

「妳之前就住在二村洞嗎？」

「不，我之前住在京畿道安養市，讀高中的時候搬到龍山區的。」

「原來如此。」

隔天，我便知道她為什麼這麼問了。

那天晚上，我上網搜尋她的名字。不僅查到她的碩士和博士論文摘錄，還看到她翻譯的書的資訊。除此之外，我還找到一本她寫的散文集。二〇〇七年五月，她在某網站連載的文章曾集結成書出版，網路書店顯示無庫存，於是第二天我去了光化門。

我跑了兩間書店都沒找到這本書，最後在某間書店好不容易發現了一本庫存。那是本沒有任何照片，設計十分簡單的散文集。

我買下那本書，坐上地鐵開始閱讀。等我察覺到不對勁，抬頭一看，地鐵早已過了龍山站，開到了永登浦站。我下車，又上了反方向的地鐵。回到家，我關上房門，黑暗中藉助檯燈的燈光一口氣讀到了最後一頁。在閱讀的過程中，我感覺就像按下了卡帶播放器，她低沉的聲音一直迴盪在耳邊。

這本圍繞她翻譯的書和作家展開的隨筆，自然而然地延伸到了她自己的故事。她在書中平淡地敘述了自己的童年往事和過往的經歷。

雖然可以感受到她在書寫的過程中，最大限度地抑制著自己的情感，但在描寫過去生活的地點時，還是可以感受到字裡行間流露的愛意。特別是她出生長大、搬過無數次家的龍山區。正因為這樣，我明白了她為什麼問我從什麼時候開始住在二村洞。也許我們曾經在龍山區的某個地方擦肩而過，這樣一想，便覺得她的文字更加親切了。一篇占據整本書四分之一的長篇散文講述了她居住在龍山區的記憶，每個場所的細節描寫都宛如炭筆下的素描畫一般。

透過她的描寫我看到了一些未能親眼見到的風景：在年幼的她的眼中，高不可攀的水泥牆；路過某處，追趕而來的大黃狗；蹲在陽光明媚的圍牆下，撫摸大黃狗的頭；擔心一直跟隨自己的大黃狗找不到家，一邊大喊：「快回去、快回家」，一邊克制不要回頭看的巷弄；仰望在屋頂玩橡皮筋的孩子，很想加入他們的心情；某棟樓上懸掛的鋼琴教室招牌；到處蓋樓的工地；好似雨後春筍的高樓，還有她經常打發時間的地下電子遊戲廳。

直到遊戲廳老闆把錢塞進她手裡，叫她不要再玩了，她曾一直「不死」地玩著遊戲。她在書中寫道：「我擅長所有獨自一人做的事，因為我知道專注於某件事時，時間會過得很快。時間飛快流逝，我才能擺脫這個地方」。租書店和位於商場三樓的教會，龍山站和鐵道，火車與地鐵穿行的聲音和漢江，夜幕下的漢江大橋，幾個男人開車駛進紅燈區的巷弄，站在巷口盯著男人經過的笑臉，梅雨季過後街道散發的氣味，劇場門前出售黃牛票的商人。她大伏筆地描寫完這些場所後，最後寫道：「我想遠離這個地方」。這句話在整本書中反覆出現了很多次。

散文集的最後還提到了「永仁文庫」。這是我唯一知道，而且經常去的地方。出售大量英文原著的小型二手書店浮現在眼前，室內的三面都是高至天花板的書櫃，正中央擺著一張長長的平臺。有別於按主題分類的書櫃，每天陳列在平臺上的書都不同。我喜歡翻看平臺上的書，也買過好幾本正在找的書。

「我不知為何去了那裡。」她在書中這樣寫道。書店有一把很長的餐桌椅，她坐在椅子上讀起了購買的書。一天看不完整本，所以隔天和第三天，她都坐在書店的餐桌椅上，直到讀完了它。書店老闆仍對她不聞不問。我也想起了靜靜坐在收銀臺前，對進出的客人漠不關心的老闆。多虧這樣的老闆，書店讓我覺得非常舒適愜意。我很開心看到她也有過類似的經歷。

「那裡是龍山區最外圍的地方。」她接著寫道。透過閱讀平裝本的英文原著小說，她遠離了龍山區和自己的母語。「英文是與我無關的語言，是我不會和身邊人使用的語言，是不會傷害我的語言。」

重新準備聯考期間，她在書店打過工。書店的客人形形色色，也有不會韓語的外國人。有的外國人即使不會韓語，也會努力講韓語，但也有故意把英文講得很快，嘲笑她聽不懂的人。她在書中回憶道：「儘管如此，當時遇到的客人中，很多都是好人」。

站在收銀臺前，透過玄關的玻璃窗，她可以看到馬路、路邊的大樹和川流不息的車輛與行人。暮春時分，書店會敞著門營業，下大雨的時候才會關門。她描寫到，那些下雨的日子令人難忘。雨水沖洗灰塵的氣味，雨滴落在水泥地上、熄了火的車頂和路邊大樹的聲音，建築中排水槽傾瀉而下的雨水。每當下起足以遮住視線的瓢潑大雨時，她就會一邊聞著書店裡舊書的氣味，一邊呆呆地望著街景。每當這時，她都會覺得眼前的街道與城市莫名親切，也淡去了從前的厭惡之情。

她在文章的最後寫道：「我一直很想離開這個地方，但在我離開之前，我所熟悉的一切都先棄我而去了。就這樣，我等於是被迫離開了龍山區」。

她寫的書與我至今為止讀過的散文集截然不同。在她的筆下，自己既不是成功人士，也不是自由的靈魂，甚至沒有任何一處比別人特別、出色。她只是把自己當成了局外人。她看待他人的視線有很多種，但看待自己的視線卻很冷漠，甚至讓人覺得很無情。明明上一段文字記錄了難以忍受的悲慘時刻，下一段就直接跳到她泰然自若地坐在超市門前的塑膠椅上吃冰棒。雖然不知道這種寫法是否出自本人之意，但這樣的敘事方式反覆出現了很多次。我不禁感到很心痛，因為覺得於她而言，那種痛苦、暴力的瞬間就和吃冰棒一樣，變成了日常生活中再平凡不過的事。

她就像不在乎讀者的反應，如實地寫出了自己性格的缺點與不足，以及很有可能受到世人唾棄的真實情感。她的文字甚至會讓人覺得「這個人怎麼回事？好討人厭啊」。不，她就像期待大家的這種反應般地，絲毫不加修飾、赤裸裸地寫了出來。如果是我的話，我不會寫得如此坦率，未來也不可能這樣如實地記錄自己。我認為她是一個很有勇氣的人，而且覺得最好不要告訴她我讀過這本書。

雖然學校規定必須用英文授課，但在討論時大家都可以使用韓語。下週上課時，我在她的幫助下，讀了四年級同學寫的散文。

散文的開篇寫道：「這是我寫的第三十四次自我介紹」。作者從容地寫出無法寫進自我介紹，或即使寫進自我介紹，也會被認為不屬實的內容。作者描述了生完孩子就辭職的大姊，和以約聘員工的身分工作到三十五歲後，整日因沒有穩定工作而不安的二姊，以及自己與兩個姊姊的人生有什麼不同。作者還提到，每當看到面試官都是公司的男性主管就會感到窒息。散文的最後這樣寫道：「我的生活毫無特別之處。若要說有什麼特別，那就是不會寫這樣的自我介紹」。

我很喜歡這篇文章呈現出的無所畏懼和強烈真實感，但不是所有人都和我一樣。有人指出，文章的結論很模糊，不知道作者想要表達什麼。作者回答，她並沒有特別的主體意識，就只是把自己平時的想法寫出來罷了。

「這篇文章似乎是在暗示不穩定的就業環境和求職困難是社會不平等導致的結果。」

聽到有人這樣講，作者搖了搖頭。

「我只是寫我和家人的事而已，但……」

作者遲疑了一下，接著說：

「但我覺得我和姊姊們遇到的問題不能都怪我們。大家這樣想，我覺得很冒昧，無論是對我，還是對姊姊們。」

作者話音剛落，又有人發表見解：

「但妳寫的情況都太極端了，感覺就像把自己的想法強加於人。」

作者認同似地點了點頭。她看起來並不是真的認同，而是希望時間快點過去。

「我……」

我下意識地脫口而出：

「我不覺得作者寫的內容極端。各位不也都知道嗎？這些都是很常見的事。我以約聘員工工作的地方也是這樣。約聘員工多半都是年輕的女性，主管多半都是男性，如果這不是不平等……」

還沒等我說完，另一個同學就打斷我：

「妳說的都不重要，重要的是彈性化的勞動政策和新自由主義下的經濟改革。韓國在一九九七年……」

「同學，你剛才說什麼？」

講師從未介入過討論，所以大家都把目光轉向了她。

「我說……問題在於勞動政策。」

「不，我是指上一句。」

那位同學一時驚慌，耳朵都紅了。他回答自己不記得上一句說了什麼。

「你說前面的同學發表的見解不重要，還打斷了別人的發言。」

說到這裡，她收起臉上的笑容，看著那個同學說：

「在我的課堂上，希望不會再發生這種事。請你向剛才發言的同學道歉。」

那個同學漲紅臉，向我道了歉。我也感到驚慌失措。他打斷我、貶低我的發言時，我只是覺得很尷尬，並沒有其他的想法。因為經常有人打斷我講話，不尊重我的意見，我已經習以為常了。

她對大家說，那些話不是針對那位同學個人講的，便接續上課了。下課後，等大家都離開教室，我走到她面前說：

「上週的事，謝謝妳。」

我邊說邊把裝有洗好的衣服和運動褲的紙袋遞給她。她接過紙袋，正了一下眼鏡看著我問道：

「我剛才是不是太過分了？」

我不希望在她眼中是一個軟弱、愚笨的人，也很想讓她知道我不是一個像今天一樣好欺負的人。所以就算說謊，我也希望她認為我很棒。

「其實剛才我也想說一句的。」

聽到我這樣說，她笑了。

「直接回家嗎？」

我點了點頭。她說今天要去龍山站，還問可以和我一起走嗎？

我毫不猶豫地答應了。與她同行，讓我覺得很激動，也很不自在，但我還是假裝若無其事。我希望她覺得我和那些年輕的同學不同。我努力看著她的雙眼與她交談，以此掩飾對她的憧憬、好奇心和距離感交織在一起的複雜心情。

我們並肩走到公車站。上車後，我又提起上週的事，連聲向她道謝。若不是她伸出援手，我就難堪了。

「如果妳站在我的立場，會怎麼做呢？」

她看著我問道。

「妳也會幫助我，所以不用一直道謝啦。熙媛，妳不要一直把謝謝和對不起這種話掛在嘴邊。」

我默默跟著她下車。前往地鐵站的途中，天色漸漸暗了下來。

「妳去龍山有什麼事嗎？」

我問道。

「嗯。約了朋友在那裡見面。」

「妳有朋友住在龍山？」

我就像沒讀過她的散文集，若無其事地問道。

「啊，我之前也住在龍山。我在那裡出生，一直住到讀研究所。」

她淡定地講起了過去的往事。很奇怪的是，我們並肩站在地鐵裡，聽她描述那段往事，我的內心就變得平靜。我也聊起在龍山生活的點滴。自從去年冬天發生那件事以後，我就再也不走那條路，而是改搭公車繞路回家了。這些憋在心裡的話，我連對家人也沒說過。

「我家住在那棟樓裡，走路只要二十分鐘。」

我勉強笑著說道。爸爸說，既然房東趕人，那就得搬家，哪有人住在大城市耍賴不走的。媽媽說，那些人做什麼跟我們有什麼關係？自己家連鍋都揭不開了。哥哥對媽媽說了什麼？他說，出生時窮困不是罪，但臨死時也這麼窮就得怪自己了。我當時什麼也沒說，只是一個人走在路上和睡著前都淚流不止。

我們聊到那個清晨做了什麼。我說因為前一天宿醉，睡得不醒人事。她說自己當時正在寫小論文。片刻沉默後，她轉移話題，問了幾個我可能知道的場所。我一邊回答去過或沒去過，一邊猜測她還在想那天的事。她很想輕鬆地聊當時的事，但她的聲音一直都在哽咽、沙啞，而且表情似笑非笑。看到她的表情，我理解了在發生那件事的時候，光是坐在書桌前寫小論文，就足以對他人造成傷害的事實。雖然我也沒有資格敞開心扉地說自己也很痛苦，也受到了傷害，但內心深處的傷口的確沒有癒合。

地鐵正經過漢江。個子高、骨架大的我和矮我一頭的她並肩站在一起，以黑暗的夜空和江水為背景，車窗上映照出我們的身影。當時在我眼裡，嬌小瘦弱的她看上去比任何人都要堅強。我希望能像她一樣，成為一個堅強的人。我轉頭看向她，肩揹挎包，望著窗外的她莫名地勾起了我的悲傷與思念之情。

這是閱讀彼此散文並討論的課程，她把更多的時間留給大家來討論。那次之後，大家都很遵守不打斷他人發言和尊重他人意見的規則。如果有人堅持己見，不給其他人發言機會的話，她就會介入調停。儘管如此，在她無法介入的情況下，還是有人暗中不尊重別人。這些人善於使用說明式的終結詞尾，語氣很像確信著對方一無所知。

有時，也有同學這樣跟她講話。每當這時，她就會露出饒有興致的微笑——因為維吉尼亞·吳爾芙死於一九三九年。當有人這樣說時，她就會興致勃勃地看著對方，更正道：

「不，是一九四一年。」她以維吉尼亞・吳爾芙寫了博士論文佐證，但那些人無意識中仍覺得自己懂得比她還多。我很清楚如果是教授或男講師的課堂，他們就不會這樣講話了。針對這些人的無禮，她就像不值得說什麼似地從未表示過不滿。

學期快結束時，我也發表了標題為《通勤》的散文。這篇散文描寫了我在銀行上班期間走過的路。我儘可能減少自己的想法與判斷，只描寫一路上的風景、聲音和氣味。隨著陽光、季節和心情的不同，寫出那條路在我眼中的變化。外牆貼滿長方形瓷磚的建築、早晚捲門緊鎖的五金行、門前擺著各種花盆的定食餐廳和公車站一旁的彩券店。文章的後半部，我描寫了那條路上已消失、人去樓空的建築和空蕩蕩的商店。那些人去了哪裡？我只想知道那些人都去了哪裡。我在文章中反覆寫道，那些人去了哪裡？

發表結束後，大家紛紛指出文章的結構和文法上的錯誤，也有人表示沒有必要的描寫得太過具體。正因為這樣，很多人認為這篇散文太過冗長，缺少可讀性，但也有人認為我的文字具備優點。討論到最後，一位平時不怎麼愛發言的同學開了口：

「雖然這篇文章沒有任何主張，但事實上，背後隱藏的觀點比其他任何一篇文章都要明確。作者看待都市開發的視角是負面的。」

話音剛落，另一位同學補充道：

「我也這樣覺得。那些人去了哪裡？這句話反覆出現，不禁讓人覺得作者是在暗喻都市開發殺死了那些人。這篇散文描寫的地點是哪裡呢？」

「龍山區。」

我剛回答完，教室立刻鴉雀無聲了。幾個同學提起那件事，表示當時受到了很大的衝擊。發言中出現「犧牲者」一詞後，最先指出問題的同學又開口說道：

「正如眾多媒體所說，龍山事件沒有單純的受害者，問題出在暴力示威。」

他的話音剛落，坐在對面的同學立刻反駁道：

「你參考的是哪家媒體？國外媒體的報導你也看過嗎？當時特警和拆遷公司的人強行鎮壓導致流血衝突。暴力示威？只給居民一千五百萬元就強迫他們搬走，他們連反抗都不可以嗎！你當真認為這是暴力示威？你覺得政府的殘忍是正確的？」

我至今仍記得那個同學的表情。當他大聲說出殘忍和反抗的時候，我的心也在顫抖。看到有人如實地講出我的感受和想法，我覺得不再孤獨的同時，也正視了自己至今為止未能且無法表達出來的膽怯。

「大家都太激動了。作者的文章沒有直接提及那起事件，我覺得這篇文章寫的強弱適中，平衡掌握得很好。」

當聽到有人這樣說的時候，我故作淡定，但內心羞愧不已。因為我知道在寫這篇文章的時候，內心很在意大家會怎麼讀。我擔心若如實寫出自己想要說的話、表達的想法和感受，會遭到觀點偏激的批判，所以選擇了安全的敘事方法。我沒有勇敢地寫出來。

「雖然發表這篇散文的作者不是……」

她開了口。她說，針對某起事件，作者若沒有自己的立場，就等於表示事不關己。這不只是漠不關心，說得難聽一點，這是主動順從於特權階級。她還說，寫作是與毫無置疑的順從主義背道而馳的行為。順從主義、主動順從，我無法抬頭聽她講下去，因為我比任何人都清楚我對人生和寫作的態度並不自由。「雖然發表這篇散文的作者不是……」這句話不過是她不忍羞辱我罷了。說不定她在內心早已下了不同的判斷。我始終忘不掉當時教室的空氣中那詭異熱氣。關於她的發言，支持和反對各占一半。整個學期，她的課堂上一直充斥著這種緊張感。

那件事之後大概過了一個月。那天不是星期五，下午我為了搭地鐵往月臺走的時候，碰巧遇到了她。她身穿一件連帽藍色大衣，腳踩白色運動鞋，穿搭與平時上課時截然不同。我本想裝作沒看到她，但她先跟我打招呼，於是我們一起上了地鐵。自上次發表散文之後，我們私下並無交流，所以我覺得有些尷尬和緊張。閒聊幾句過後，我才漸漸放鬆下來。我很好奇她看完那篇散文後的真實想法，但我沒有表露，只繼續聊了一些毫無意義的話題。

地鐵裡出現一個空位，我請她坐下，然後站在她面前。挎包和一本書放在她的膝蓋上，那本書是石黑一雄的《別讓我走（Never Let Me Go）》。在銀行上班時，我在永仁文庫買過那本書。我很開心地告訴她，我也看過那本書。

她說她快看完了。我們聊起那本書，關於人物的性格和海爾森學校。我很開心和她聊書。我說感到十分震驚的是，主人公凱西不知道童年生活的寄宿學校位置。她開車到處尋找學校，最後只好放棄的場面很讓人痛心。送走所有人後，與世隔絕的凱西找不到海爾森學校，也沒有一定要找到的設定也讓人覺得很悲傷。

她回答說，複製人凱西在死亡來臨之際，仍能記得發生在海爾森學校的事，這件事本身就很美好。凱西記得海爾森就等於證明了好友露絲和湯米的靈魂，甚至包括她自己的靈魂。我始終記得她對我說的話：記住一件事就等於證明所愛之人和自己的靈魂。

我猶豫了一下：

「我……我看過妳寫的書。」

「那本書出版後，出版社就關門了。」

她說完又露出俏皮的表情笑了笑。

「我都沒有那本書，全部送人了。」

「看來我運氣很好。」

「是嘛。」

「妳寫了關於永仁文庫的事，我就是在那裡找到這本書的。」

「真的？」

「嗯。」

「書出版的時候，我還在永仁文庫打工呢。」

「妳有老闆的消息嗎？」

「沒有。」

她的視線靜靜地落在書封上。

我跟她講述自己在永仁文庫度過的那些時間。書店營業到很晚，我下班後也會去逛書店，偶爾還會坐在書店的椅子上打瞌睡。老闆始終對客人不聞不問，所以我才經常去。我提到老闆坐在收銀臺後面，天天看電視，追日日電視劇[1]時，她呵呵笑了起來。

「上次課堂上，我說的那些話。」

1 平日播出的連續劇。

她說道。

「聽到有人說妳的文字沒有偏向性，我才說了那些話。」

她用雙手摸著書，繼續說道：

「我的意思是，文章不具備偏向性很好，並不是說妳的文章沒有自己的立場。那個同學沒有理解我的意思，我也擔心妳誤會我的本意。」

她對我之前寫的散文給予了好評，說有的文章想法明確，有的文章則偏向於某一種觀點，但很難斷言哪種方式更好。她還暗示我，不要因為大家的看法而失去自己的判斷。她還自言自語似地說，不知道大家圍繞一篇文章指出問題對寫作能有什麼幫助。我看著她一邊講話，一邊擺弄書角的細長手指。

下一堂課上，她提議期末考試那一週去看電影。她說不會點名，想看電影的同學可以自由參加。我到電影院的時候，看到了她和其他五個同學。大家坐在電影院中間一排觀影。走出電影院，夜幕降臨的街道已經燈火通明，烤栗子和烤魷魚的氣味隨風飄來。我們跟著她走進電影院附近一間辣炒雞排店。年末接近聖誕節的星期五晚上，我們一邊排隊候位，一邊分享電影的觀後感。

在我的記憶裡，那是一個可以隱隱感受到友誼的夜晚，大家分享起這學期課堂上的感受。雖然沒有明講，但可以看出所有人和我一樣，都與這位為我們帶來新知識的年輕女講師共度了非常愉快的時光。她一改平時課堂上嚴肅的態度，自然而然地加入了我們的對話。

大家緊挨在一起吃完辣炒雞排又吃了炒飯。大家沒有喝酒，卻已經聊得非常開心，很自然地，話題轉移到了未來的志向。有的人想進銀行，有的人想去出版社，有的人希望找一份外企的工作。我們互相鼓勵，她也積極地給予支持。

「熙媛姊，妳不是在銀行工作過嗎？」

想進銀行工作的同學問道。我講了在銀行工作的優缺點。

「妳為什麼不做了呢？」

我講了未能重考大學的原因；根據分數選擇科系，但所選科系不適合自己而痛苦的經歷；隨波逐流，忙於就業的過程。

「但話說回來，妳為什麼要重讀大學呢？」

那個同學又問道。坐在同學旁邊的她也投來好奇的目光。我們私下交流過幾次，她從沒問過我這個問題。

「因為想讀研究所。」

在我回答的時候，她臉上的微笑消失了。

「這件事想了很久嗎？」

她一臉嚴肅地問道。

「嗯。」

在回應的瞬間，我渴望得到她的支持。

「熙媛，這不是需要馬上做決定的事。」

她遲疑了一下，接著說道：

「妳也知道進修不用非得讀研究所。」

我不知道當時的自己作何表情，但她的話音落下後，大家都沉默不語了。顯然當時的狀況讓大家都覺得很尷尬。我無法掩飾內心的困惑，不由得猜測她一定認為我是一個學習能力不足的人。我不在乎其他人悲觀地看待我的未來，但我所嚮往的領域老師、前輩這樣講，著實傷了我的心。她支持其他同學的夢想，為什麼只對我持懷疑的態度呢？我心情低落地坐在椅子上，努力讓自己看起來若無其事，卻還是沒能熟練地隱藏住情緒。

大家走出餐廳，隨即四散回家。我想走一走，於是說要去市廳站那邊搭車。她走到我身邊，表示跟我同一個方向。我們穿過摩肩接踵的人潮，走在熱鬧的鐘路大街。冬夜的空氣裡摻雜著小吃和炸物油膩的味道。我們默默地走在路上，不知不覺走到了普信閣。

她問我有沒有時間。我不想讓她察覺到我因為剛才的話而傷心，所以泰然自若地笑著點了點頭。我們穿過馬路，走進一間咖啡廳。店裡人滿為患，人聲鼎沸就像啤酒屋一樣。我們走到唯一的一張空桌前坐下。

「熙媛，我剛才……」

她猶豫了一下，接著說道：

「妳也知道我很晚才讀研究所。我都寫在書裡了。」

「嗯。」

她看了我半天，開口說：

「無論我現在說什麼，站在妳的立場都很難接受。挑戰看看吧，但如果覺得不合適，就馬上放棄。」

「我沒有什麼太大的幻想。我已經過了二十出頭的年紀，而且也工作過。」

我不希望在她眼裡，自己是一個不懂人情世故的人，我很想證明我不是那種人。

「熙媛，我知道，我都知道。」

她看著我笑了笑，似乎明白我的心意。為了轉移話題，我提到她的課程給我帶來多大的影響。

「課堂上，大家都很緊張。」

她露出了俏皮的笑容。她的表情就像在說，妳也知道是什麼意思。那一瞬間，不知為何，我很想跟她聊一聊那些頂撞她的同學。

「妳對我們太好了。如果妳不是年輕的女講師，那些沒有禮貌的人就不會那樣講話了。」

「是嘛。」

她淡淡一笑，沒再說什麼。

「如果妳是教授，他們也不會那麼無禮。」

說到這裡，我察覺出她臉上浮現出某種難以掩飾的情緒。話音落下的同時，我突然醒悟到，不應該用這些言語傷害她的自尊心。

她的視線落在桌面，換了很多次坐姿。她默默無聲，就像我不存在似地仔細思考著我說的話。過了半晌，她抬起頭看著我說：

「妳真的這樣認為嗎？」

她低聲問道。我點了點頭。

「如果妳不高興我這樣講，那我道歉。」

「不，我只是……」

她停頓了一下，接著說道：

「我希望妳不要用這種方式去解讀未來可能經歷的事。」

她的話聽起來似乎是在勸告我不要有自卑感和受害者情結，也像是在追問我，為什麼不明白這是很幼稚且不成熟的想法。我很想辯解，卻又不知道從何說起，因此故作淡然、爽快地點了點頭。

一杯茶見底後，我們出了咖啡廳，走在稍稍變得冷清的街頭，她在公車站停下來。

「我在這裡搭車。」

她說道。

「看妳走了，我再走。」

我站在她身旁，看著她從包包裡找出錢包。她取出來後，看著我說：

「妳剛才說的話，說因為我是女講師……」

「嗯。」

「我也知道。但我希望妳……」

她欲言又止，長嘆了一口氣。哈氣的白色煙霧在空中消散開來。這時，她等的公車來了。

我時常想像她當時想對我說什麼：我也知道，但我希望妳不要抱怨這個世界，總是感到委屈；我也知道，但我希望妳可以無視那些只因妳是年輕女性，就對妳無禮的人；我也知道，但我希望妳不要在尋找受傷原因的過程中，增加自己的痛苦。

時間流逝，我漸漸覺得完成下一句話沒有那麼重要了。無論下一句話是什麼，她肯定是希望我過得比她好，不要經歷她所經歷的那些事。而且我覺得這就是她的自尊心和力量。她不會抱怨自身條件，即使知道自己受到不公平的待遇，也會默默地堅持下去。也許正是這樣的一顆心守護著她。雖然無法徹底同意，但現在的我可以理解她了。

讀研究所和寫論文期間，我時常會想起她。開課以後，我更加頻繁地想起她了。我把自己的課與她的課做比較，進而更切實地感受到她當年經歷的那些感情。九年前的某一天，我在她面前提到只因她是女講師，所以經歷的那些無禮，就像與我距離遙遠、毫不相關一樣。

搭市外巴士通勤，強忍疲勞翻開書的時候；收到講師評分表，看到自己對某人而言，就只是一個糟糕透頂的講師時；面對無禮的學生，一時感情用事，事後後悔的時候；就連自己都覺得準備的課程很無聊，只是在走形式的時候；為了成果，勉強寫論文的時候；參與學會，把一天時間浪費在給教授打電話和寫郵件的時候；為了不崩潰，不、是為了看起來尚未崩潰，而拚命死撐的時候；打開玄關門，強忍眼淚走進家門的時候，我都很想問一問不知身在何處的她：妳是怎麼熬過這些時間的？現在過得好嗎？

不知從何時起，我再也找不到她創作和翻譯的書籍了。九年前的她在我眼中，比任何人都要聰明、堅強，但想到現在的她仍未站穩腳跟，從事與文字創作和研究無關的工作時，不禁感到十分痛心。我可以前行嗎？我能夠生存下來嗎？我是否也會像那些不留痕跡的人們一樣，消失得無影無蹤呢？面對這些問題，我無法找到完全肯定或否定的答案。在我的記憶中，我始終處在搖擺不定的狀態。

我至今仍記得她寫的那篇決心進修的文章。她寫道：下班後坐在書桌前，一邊在書上畫線，一邊整理出自己想法的瞬間，彷彿披上了透明的斗篷。她覺得自己從世界上消失了。比起身處的現實世界，彷彿更加接近早已從世上消失的人們和他們的世界。每當這時，光芒就會照進撕裂的傷口。那道光芒讓她看清了某些東西。「我想看得更清楚。」她最後這樣寫道。我在她的文字下畫線，體驗到了她用語言解讀的我的心情。

我……我不過是想再往前走一步而已。

也許從前的我只是茫然地想要追隨她。也許我只是希望有人高舉明燈，為我指引前方的道路，告訴我下一步不會踩空。雖然不知要去哪裡，但我想要追隨那道指引我不會消失、不停前行的光芒。不是別人，我只想在她身上找到那道光芒。那道光芒消失後，我仍在探索自己走到了哪裡，接下來又將去往何處。我抵達她所到之處了嗎？還是尚未抵達呢？

在我思考這些問題的時候，急著趕走居民、拆毀房屋的地方仍舊是一片空地。從我重讀大學、研究所畢業到成為時薪講師，從年輕、耀眼的她變成了我再也找不到的人，那個地方依舊是一片荒蕪。我現在不再繞路走了。那片空地烙印著拆毀房屋、驅趕居民的殘忍，但現在的我可以直視這一切了。

老師。

有一天，走在下班的路上，我在心裡呼喚她，長嘆一口氣。我的呼吸化作白色的水蒸氣在空中消散，我這才意識到自己身處寒冬。因為只有冬天是唯一可以用肉眼看到呼吸的季節。我彷彿看到了欲言又止、長吁短嘆的她。

為了不讓她消失於黑暗中，我閉上了雙眼。

本分

妳在大學圖書館門口遇到了貞允。妳正在詢問畢業生如何申請圖書館的借書證，貞允則剛借完書，準備離開圖書館。

「海珍。」貞允叫了聲妳的名字。妳愣愣地看著她，回了聲：「貞允姐。」

妳們坐在圖書館門前的長椅上，沐浴著五月正午炙熱的陽光。

「我們有多久沒見面了？」

「最後一次是在妳的婚禮上。」

「那次是最後一次？」

妳點了點頭，指著眼前的建築，轉移話題道：

「貞允姐，那裡之前是什麼地方？」

「不知道。」

妳覺得貞允的聲音發生了微妙的變化。過去的她不是那種會猶豫不決，說不知道的人。她的聲音就像清澈、冰冷的水。與其說是聲音，不如說是聲音蘊含的果斷讓人覺得冷漠、冰冷。那時的妳認為，只有充滿自信和確信的人才能發出那樣的聲音。妳覺得能有條不紊地表達想法的貞允很迷人，與此同時也產生了些許的反感。

妳轉頭看向貞允。一頭短髮依稀可見幾根白頭髮，掉了色的黑框眼鏡，黑色上衣和正裝褲子，放在光亮皮包上的手。妳的視線停留在貞允的手上。鼓起的血管、粗粗的手指、布滿皺紋的大手。妳看著那雙與嬌小身材不相稱的手說：

「妳還是老樣子。」

貞允似笑非笑，隨即面無表情地說：

「妳也是。」

兩個人看著彼此，尷尬地笑了笑。

還是老樣子，並非謊言。這句話等於是告訴對方，在眾多的變化中，我依然可以看到過去你的樣子。也許是因為沒有染髮，加上素顏凸顯倦色，貞允看上去比同齡人的年紀更大。即便如此，妳眼中的貞允還是老樣子。妳還記得當年貞允和自己的樣子：妳走向學生會館時，二十一歲的貞允站在編輯部窗前一邊揮手，一邊大喊：「李海珍！」；每次貞允喝完酒，都會買兩隻冰棒，大咬一口，吃得津津有味。看到這樣的貞允，妳總是嘟囔光是看著都覺得牙疼。

最初，妳是透過文字認識貞允的。一九九六年秋天，妳拿起一本堆在圖書館門口的校刊，認真讀了每一篇文章。在眾多文章中，最吸引妳的是歷史系貞允寫的文章。妳反覆讀了很多遍。那篇文章的標題是「A女子大學集體施暴事件只是部分學生的問題嗎？」

雖然每年都會發生這種事，但一九九六年的暴力程度最為嚴重。你們學校將近五百名學生戴上塑膠手套，吹著口哨，占領了正在舉辦校慶活動的A女子大學校園廣場。這些人成群結隊地衝向A女子大學的學生，揪住女生的頭髮，對她們拳打腳踢。

貞允以採訪為基礎寫了這篇文章。她沒有摻雜任何個人感情，如實敘述了當時你們學校的學生做了什麼和受害程度，以及為什麼頻繁發生這種集體施暴事件。針對這些人的行為為什麼不是「遊戲」和「玩笑」，貞允在文章中進行了有邏輯和條理的說明。

透過閱讀這篇文章，妳看到了過去的自己。每當學長侃侃而談這件事，或開玩笑時，過去的妳就只覺得他們瘋了，都在胡言亂語。過去的妳總是迴避，不想聽到這件事。但看過貞允的文章後，妳便不再是過去的妳了。

妳也想寫出那樣的文章：讀後會自我反省的、任何人都無法反駁的、邏輯無懈可擊的、攻破第一句高牆進而持續前進的、把內心深處的感受和想法化成文字，並與他人相連的文章。

編輯部面試那天，妳游刃有餘地回答了前輩們提出的問題。但在命題作文筆試時，妳寫了又刪，刪了又寫。妳寫出第一句，便開始猶豫不決起來。那時的妳尚不知如何寫作。

「文章不用太長，只要明確寫出自己的想法就可以了。」

貞允坐在編輯部的沙發上，一邊翻看報紙，一邊小聲對妳說。

聽到這句話，妳把記下的單字簡單整理成文章。妳只寫了短短兩段文字，卻擦出了一堆橡皮泥。那天，有五個人圍坐在編輯部的桌子前參加著面試。

接到合格通知電話後，妳以實習生的身分第一次參加了編輯會議。有三個人合格，其中一人卻在最後改變主意沒有來，所以新加入的成員只有妳和熙英兩個人。妳們都是步入一年級第二學期的學生。妳一直記得熙英。筆試那天，熙英坐在妳的對面，她手握黑色水性筆，果斷下筆的樣子十分平靜。妳邊擦橡皮擦，邊抬頭看了熙英一眼，端正坐在對面奮筆疾書的她看上去是那麼地自然。

妳始終無法忘記初次參加會議時，前輩們帶來的衝擊。妳與他們只相差一兩歲，但他們在會議上交換意見的樣子，卻在妳懵懂的心靈上掀起了漩渦。針對選題，他們會展開無休止的討論。不只是那天，他們每週都會開編輯會議、討論政局、一起閱讀社會學書籍和教育實習生。一週見面四次，但妳始終猶豫不決，未能加入他們的討論。聽到「海珍，妳也發表一下自己的看法」時，妳才勉強開了口。即便如此，妳還是很喜歡編輯部。雖然當時也遇到過令人厭煩和辛苦的事，可隨著時間推移，妳知道了自己有多喜歡編輯部。妳無法離開那裡，是因為妳有不想放棄的事。

貞允是討論會的主持人。編輯部把與政治和社會有關的小論文結集成書，在學期中針對那些小論文展開討論。貞允善於聆聽，她不會打斷他人的發言，在充分聆聽後，她才會發表自己的見解。

每週熙英和妳都要寫一頁的讀後感，然後在大家面前大聲朗讀出來。妳會寫出書籍的概要，熙英會寫出閱讀時察覺到的問題。熙英的文筆犀利流暢，僅一頁文字便凸顯出文風。那時的妳深陷永遠也寫不出熙英那種文章的挫敗感，更不要說心生妒忌了。

貞允常常稱讚妳寫的文章，說妳能夠清楚地掌握和整理出文章的內容，而且下筆慎重。相反地，每次貞允都會委婉地批判熙英的文章：「這種主張的客觀依據是什麼？不能說服讀者的文章就等於是強迫。這種邏輯太跳躍了。」每當這時，熙英都會把貞允的建議記在本子上。

討論會結束後，妳們三個人有時一起吃飯，也會去喝酒。妳和父母住在一起，貞允一個人住在學校附近，熙英住在家鄉J市提供的宿舍。夜深時，妳為了趕末班車提早離席，熙英會申請外宿，然後陪貞允喝到凌晨，在貞允家過夜。

貞允是一個不擅隱藏情緒的人。當妳感受到貞允對熙英的好感、對熙英文字的喜愛、希望親近熙英的心情和難以掩飾與熙英在一起的喜悅時，妳就會覺得很孤獨。貞允是一個公平、深思熟慮的人，所以從未赤裸裸地流露出感情。但妳看在眼中，總是能感受到那樣的空氣。

討論會結束的時候也放假了。校刊的出版日期已確定。因為要在開學後出版，編輯部必須趁假期趕出來。大家分工合作，規劃出校刊的整體方向、專訪和報導內容。

妳負責寫一篇主題為反共主義的文章，需要針對公共教育中的反共主義進行分析。妳跟隨學長一起去採訪了出版反共主義題材書籍的學者。雖然妳想寫其他的主題，卻因為不知道如何深入展開，沒有堅持自己的主張。很奇怪的是，妳現在已經想不起來那時想寫的主題了。

熙英打算寫一篇關於幾年前，在B大學研究所發生的教授性騷擾事件。她蒐集資料，說明文章概要，試圖說服大家，但包括妳在內的十名組員意見參半。

持反對意見的人認為版面有限，最好寫更重要的主題。例如，金泳三政權末期的政治、學運的分裂與衰退，以及濫用公權力等問題。意見爭執不下，直到保持沉默的貞允開口以前，反對的聲音一直占據著上風。

「我們都坦承一點吧。這根本不是版面的問題。多加印幾頁也用不了多少預算，幹嘛非要說版面不夠呢？你們反對，難道不是因為不想碰這個主題嗎？」

「我們得跟著時代的潮流走。」

龍旭說道。龍旭是預備役、社會系二年級的復學生。他認為世界正在發生遽變，不應該在校刊討論個人的倫理道德問題。他的意思是，墮落的倫理道德屬於個人問題，沒有必要占據討論政治和社會趨勢的版面。

「這不只是女性的問題，而是研究所不健全的權力結構問題。」

針對龍旭的發言，貞允反駁道。

現在，妳覺得貞允的話具備了力量。這不是女性的問題，而是更嚴重的壓迫性問題。這種邏輯始終占據上風，說服了大多數人。雖不知貞允是否真心相信自己的話，但如果她不提出這種觀點，這一問題就不會浮出水面。貞允為此付出過努力。若貞允沒有提出這種主張，熙英的選題也不可能在會議上通過。

僅僅是刊登在校刊上的文章，就讓妳坐立難安了。整個假期，沒有會議的時候，妳都會去蒐集資料。正式動筆以後，妳除了吃飯、睡覺以外，都在埋頭寫作。妳希望文章可以首尾呼應，每一段文字都能夠發揮作用，完整地表達出自己的想法。

在朗讀初稿的會議上，大家評價妳的文筆樸實，內容條理清晰，親切地進行了說明。

「但是……」

貞允開口說。

「看不出妳的想法。不知道妳要表達什麼。需要重寫，必須加入妳自己的想法。」

妳感到驚慌失措，因為妳覺得已經充分表達了自己的想法，不知道該如何進行修改。

「應該怎麼寫呢？」

妳問道。

「要加入多少自己的想法呢？」

妳把大家的建議密密麻麻地抄寫下來。

十名組員都要朗讀自己寫的初稿，再展開討論，所以那天的會議預計進行十五個小時。早上九點開會，除去午餐和晚餐時間，會議將在晚上十二點結束。但到了十一點，排在最後的熙英才開始朗讀自己的初稿。暖氣散發出微弱的熱氣，但窗戶縫一直灌進寒風，妳只好圍著毯子等待會議結束。

妳至今仍記得那晚第一次聽到熙英朗讀長文後所受到的衝擊，也記得圍著毯子，雙腳凍僵的感覺，和自己從二十到二十一歲的樣子。

熙英讀完最後一句話，編輯部鴉雀無聲了。即使朗讀結束，室內依然充斥著緊張的氣氛。現在，妳覺得也許所有人都知道，熙英具備與生俱來的洞察力，和如實闡述自己想法的勇氣，以及支撐兩者的聰慧頭腦。

熙英所具備的大部分優點都是靠努力獲得的，但也有幾點並非如此。她對別人的傷痛深有感觸，並能夠憑藉直覺找出造成傷痛的原因。不僅如此，她還擁有在寫作上可以展現光彩，但在生活中毫無用處，反而對自己不利的才能。

當妳以寫作為職業後，便時常覺得真正應該從事文字工作的人都放棄了寫作，最後只剩下不會寫作的自己。這樣的想法讓妳度日如年。

✷

「那裡之前不是戲劇部嗎……房子看上去跟住家一樣，前面有一條路，兩邊好像還種過樹。」

貞允用手遮擋陽光，眉頭緊鎖看向前方的建築，彷彿一直看著就能看出建築原貌似的。

「嗯，好像是。之前應該是有屋頂的小房子。」

「嗯，應該是。」

參加完貞允的婚禮，妳就再沒聯絡過她了。那天妳站在身穿端莊婚紗的貞允身邊拍照，有說有笑，直到婚禮結束。然而轉身之後，一切就都結束了。貞允去美國以後，也沒再聯絡過妳。

結婚後，貞允為了陪龍旭留學去了美國。妳隱約回憶起那時的失望感。為什麼是龍旭呢？如果說他和貞允誰更有天資深造，那一定非貞允莫屬。但為什麼貞允連自己的碩士課程都沒完成，就放棄學業，為照顧龍旭去了美國呢？當時的妳不止感受到了失望，還覺得這是一種背叛。

妳和貞允一語不發地望著那棟建築看了半天。

「妳寫的那些報導，我在網路上都有看過。」

貞允開口說道。

「報導下面有妳的信箱，我也想過要不要給妳寫郵件……」

妳沒有問她為什麼會萌生這種想法。

「我寄給妳的郵件……有收到吧？」

聽到妳的問題，貞允默默地點了點頭。

第一期校刊刊登出妳的文章以後，妳與編輯部的人走得更近了。於妳而言，編輯部成了學校最舒適愜意的空間，沒有課的時候，妳就會和大家待在編輯部，還會一起吃午飯。開會時大家都很嚴肅，但私下有說有笑。妳讀大二的時候，新的成員加入了編輯部。因為前輩們開始準備就業，主持會議的工作便交給了熙英。妳在編輯部也有了話語權，編輯部接受了妳，妳也覺得成為編輯部的一員。妳很喜歡這種感覺。

編輯部的工作成了妳校園生活的中心，其他的事情只能排在後面。雖然妳按時交報告、參加考試，但妳很少去上課，就連聽語言系的課，妳也經常打瞌睡。相反地，社會系的熙英從不曠課，把精力都放在學業上。妳和編輯部的人曾開她玩笑：「妳是高中生嗎？這麼努力是為了重考大學吧？」

編輯部沒有工作的時候，熙英就去幫高中生補習。家長普遍認為高額的家教可以顯著提高孩子的成績。有學長當面批評熙英，說她身為大學生竟然在為不平等的教育環境做貢獻，還有人說：「熙英又不缺錢，野心也太大了吧。」熙英所具備的特徵，說得好聽一點是現實，說不好聽就是世俗。妳現在還能想起打扮乾淨利落、腳踩一雙好皮鞋、化著淡妝、渾身散發香氣，以及大家在會議上抽菸時，偶爾咳嗽的熙英。

熙英沒有徹底融入編輯部。

那時貞允和龍旭開始交往，在初夏的聚餐上，龍旭把手搭在貞允的肩膀上，看著大家說：

「我很尊敬貞允。」

大家先是發出感嘆聲，然後開起玩笑：「編輯部竟然也能談戀愛，真是太不可思議了。」妳在大家的歡聲笑語中，感受到純真的快樂。妳和熙英搭地鐵回家時，妳對熙英說：

「貞允姐和龍旭哥看起來好配喔。」

妳用徵求同意的眼神看著熙英。熙英就像沒聽見似的，把視線固定在膝蓋處的報紙上。

「妳不覺得嗎？妳剛才也聽到他說尊敬貞允姐了吧？」

「真不懂他幹嘛講那種話。」

熙英說著轉頭看向妳。

「我不明白他幹嘛那麼誇張，也想不通貞允姐為什麼跟他交往。」

妳不發一語，試圖理解熙英的心情。難道是因為龍旭搶走了在編輯部跟她最要好的貞允？還是因為龍旭每次都在會議上反對她的發言，所以對他產生了反感？現在的妳覺得那時的熙英早就看穿了龍旭嘴上說著尊敬貞允，其實內心自卑，自認不如貞允。

哪怕是講客套話，妳也沒有稱讚過熙英的洞察力、寫作和自給自足的能力。妳明明可以告訴熙英她有多特別，而且在某種意義上也很堅強，但妳始終隻字未提。也許妳覺得自己沒有那種資格，又或者是在擔心開口的瞬間會讓自己更寒酸？

回想起來，說不定熙英一直都很期待得到同時開始寫作的妳的認可。對於大家有目共睹的熙英的才華，她本人卻始終沒有自信。那時的妳並不知道，雖然熙英總是能以明確的邏輯貫穿自己主張，可她看似自信的背後卻隱藏著對於寫作資格與能力的質疑。妳一直無法擺脫應該告訴她這一切的想法。每次遇到堅持自己想法的受訪者時，妳都會想起熙英。

「我們一起準備這次的專題吧？」

熙英提議在第二期校刊討論家庭暴力的問題。

「沒有法律，就算老公打老婆也不會受到法律制裁。」

當時的大韓民國可以依法嚴懲對長輩施暴的人，卻沒有相關法律制裁對卑親屬及妻子施暴的狀況，所以熙英想寫一篇關於制定家庭暴力防治法運動、活動家專訪，以及分析韓國社會隱瞞家暴的文章。

「我希望和妳一起採訪、蒐集資料和討論。如果妳有興趣的話。」

妳覺得很幸福，因為熙英相信並選擇了妳。在編輯部開選題會議前，妳和熙英一起做功課，也去參加了「為死於家暴女性舉行的慰靈祭」。妳們站在隊伍的最後方，熙英向一直看著地面的妳伸出手來。直到慰靈祭結束，妳和熙英一直牽著手。熙英的手冰冷而柔軟，妳不想放開她的手。

選題會議上，妳不再像從前一樣默不作聲了。「熙英，妳上次不是也做女性專題嗎？我覺得妳應該放寬視角。」聽到學長的發言，妳試圖說服他這個專題有多重要，以及為什麼必須刊登出來。那時的妳熱血沸騰，深知這次不是為了完成任務而寫，而是發自內心想寫，而且明知痛苦也要盡心盡力地寫好它。妳第一次以這樣的心態努力說服大家。家暴的選題在會議上通過後，妳和熙英一起走訪了庇護中心，採訪推動制定家庭暴力防治法的全國民運動總部負責人，整理出被丈夫殺害和為擺脫家暴殺夫的案例。

在這個過程中，面對即使遭到家暴也要維護家庭的家族主義，和即使向公權力尋求保護，最後仍慘死於暴力的現實，二十一歲的妳感到憤怒不已。無論是走在路上或吃飯，還是半夜醒來，憤怒一直包圍著妳。憤怒就像無法排出的毒素，一天天沉積在妳的體內。妳很悲傷，因為妳覺得自己的憤怒無法改變任何事，它只在摧毀妳的幸福。無論是對待周圍的人，還是對待自己，妳都變得比之前更加刻薄、嚴格了。哪怕是很小的事，妳也會發脾氣。妳知道就算憤怒也改變不了現實。這不是妳期待的結果。

妳負責整理從一九九一年開始推動制定家庭暴力防治法的歷史。在此之前，妳還要整理出那些訴諸公論、慘死於家暴女性的歷史。其中也有長期遭受家暴，最後為求自保而殺夫的女性。妳在抄寫這些受害者故事的時候，幾度淚如雨下。妳一邊哭，一邊寫。那時的妳知道了，自己的心也可以貼近與自己無關的陌生人的心。初稿完成後，妳在會議上數度哽咽，不得不中斷朗讀。

「持續遭受家暴，並不等於有權利殺害丈夫。這怎麼能算正當防衛呢？明明可以報警或離婚，怎麼可以殺人呢！」

當學長提出質疑時，妳努力抑制著情緒。

另一個前輩接著說道：

「就結論而言，這屬於雙方施暴。我們不能容許殺人這種暴力行為。」

這時，默默聆聽的貞允開了口：

「雖然心情上可以理解，但為了讓更多人產生共鳴，我覺得最好刪掉受害女性的故事。就算刪掉也可以充分指出法律存在的矛盾。我覺得沒有必要……」

熙英打斷貞允的話說：

「不是，我們是想指出女性為求生存，不得不殺夫的社會結構的殘忍，所以不能刪。

我整理的內容可以解釋為什麼她們報警、想離婚也無法擺脫家暴。」

熙英沉著冷靜地朗讀了自己寫的文章。那是一篇條理清晰，且以明確依據支撐主張的文章。雖然妳和熙英一起做功課和準備，但透過熙英的文字，妳恍然大悟到自己一直以來都在用男性的視角看待問題。搬家的時候，妳不小心弄丟了刊有那篇文章的校刊。在那之前，每當妳在寫作上遇到瓶頸或感到厭煩，以及覺得寫作毫無意義時，都會翻看熙英寫的文章，從中尋找答案。妳從熙英的文字中獲得了力量。

去忠武路印刷廠排版的那天，妳對熙英說：「也許這樣想很自私，但有時我會覺得還不如回到對這件事一無所知的時候。現在我已經回不到覺得天下太平的時候了。」妳還說覺得自己沒有熙英堅強，所以很生氣，而且無能為力的感覺讓妳產生了內心正在腐爛的錯覺。

聽到妳的話，熙英說道：

「原來妳覺得我很堅強喔。」

熙英站在窗邊看著妳。

「前輩們告訴我們要有責任感，可是我覺得妳的幸福更重要。我覺得沒有什麼事非得自討苦吃、折磨自己，但……」

片刻沉默後，熙英接著說道：

「我很開心可以和妳一起做這個專題。很多時候，我也很依賴妳。我很喜歡妳的文筆，而且覺得妳越寫越好了。我們再合作一個學期怎麼樣？」

妳當時是怎麼回答的？妳為什麼沒有離開編輯部呢？妳選擇留下來。妳決定留下來繼續寫新的文章。妳怎麼也沒有想到，當初的選擇指引了妳人生的方向，引領妳走到了今天。

＊

秋天第二學期開學後，妳和編輯部成員一起參加了校內外舉行的集會。妳的父親原先很擔心妳參與學運，但看到妳學校生活過得很好，便也安心了。妳始終無法忘記父親安心的表情。父親說得沒錯，妳不屬於任何陣營。即便如此，妳還是參與了集會。不是站在集會的中心，而是最後一排的邊緣。

那是一個難忘的場面。

妳和熙英參加了被美軍殺害的基地村女性五週年追悼會。人們聚集在一起聲討駐韓美軍的罪行，譴責未能就此罪行向美國表示抗議的政權。

集會上，妳和熙英看到了印有慘死女性屍體照片的傳單。起初妳們還不知道那是什麼照片，仔細一看，妳才發現是被殺女性的屍體。慘遭殺害的人類軀體。照片下方還印有一段兩年前全國女大學生代表協會撰寫的文章：

「這就是我們祖國的樣子！祖國的子宮深深地插著美國文化的可樂瓶，祖國的頭顱青一塊、紫一塊。為掩蓋這一切，祖國的山川灑滿了灰白的洗滌劑。」

妳看清照片後，立刻折起傳單放進了包裡，熙英也是。妳這樣做是想幫那位女性遮擋住身體。隊伍的最前方呼喊著譴責美軍罪行的口號：「她是我們的姐姐！」

這時妳和熙英身後也有人喊道：「犯罪在祖國！」隨即其他人小聲地接應道：「強姦在美國！」

妳和熙英面面相覷。就在呼喊聲四起，口號漸漸擴散開來時，妳轉身向周圍的人說：「請中斷口號！請中斷口號！」但無人做出反應。妳就像在對不懂韓語的人講話，扒開人群大喊：「請中斷口號！」

那天之後，過了一段時間熙英才說，那天比起那句口號，四周傳來的笑聲更讓她記憶深刻，而且永遠也忘不掉強姦一詞給集會注入活力的瞬間。

妳牽著熙英如同冰塊的手穿過人群，離開了集會現場。

熙英說，那天集會上發生的事一直在她腦海裡揮之不去。即使回家後把傳單丟進垃圾桶，內心深處還是出現了裂痕。整個秋天都在回想那天發生的事。

然而當熙英在選題會議上，提出基地村女性問題的時候，妳卻覺得她選擇的專題偏得太遠了。一九九七年冬天，與很多重大社會政治議題相比，熙英選擇的專題缺乏時宜性。其他人的想法也和妳一樣，很多人表示不明白為什麼現在要來討論一九九二年發生的美軍殺人事件。

「這個專題不是只討論九二年發生的事。」

熙英的意思是，想以批判的視角找出基地村從朴正熙政權時期至今一直存在的原因，以及反美陣營是如何解釋九二年事件的。

「為什麼要現在寫這個專題呢？」

龍旭問道。

「因為現在那裡還住著人。」

「我不知道在當下的時局討論已經了結的事件有什麼意義。」

「我的意思是……」

熙英遲疑了一下，接著說：

「我是想搞清楚為什麼大家把那些蔑視，甚至不當作人看的女性稱之為民族的姐姐。

如果加害者不是美國人，而是韓國人的話，大家也會這樣憤怒嗎……」

看著講話吞吞吐吐的熙英，妳覺得她和平時不一樣了。那天，熙英未能有邏輯地說服大家。

「妳沒有考慮到事件的因果關係。為什麼殘忍地殺害受害者？因為加害者是美軍，他們知道無論在韓國做什麼，都不會受到應有的懲罰，才會犯下各種罪行。哪有比這起事件更能證明大韓民國就是美國的殖民地呢？除此之外，就這起事件還需要其他的說明嗎？」

幾個後輩同意龍旭的看法，補充了自己的觀點。一直沉默不語的貞允也補充道：

「我們需要討論結構上的矛盾。基地村事件是在民族和階級矛盾下產生的問題，我們得看整體結構。受害者為什麼在那裡被殺害，我們不能無視結構的問題。」

「妳真這樣認為？」

熙英問道。

「如果駐韓美軍撤走，這種事就不會發生了嗎？若祖國統一，就不會有這種問題了嗎？妳當真認為如果這樣，就不會發生毆打、強姦和殺害女性的犯罪了嗎？」

「妳的邏輯存在矛盾。」

貞允反駁道。

「妳是想把民族主權和貧困的問題縮小成女性的問題嗎？」

妳輪流看了熙英和貞允一眼，不知道該說什麼才好。

「妳真的覺得女性的問題是很小的問題嗎？我覺得那個受害者無論是活著的時候，還是死去以後，都一直在被人利用。那些人口口聲聲稱她是民族的姐姐，但印出她慘死的照片，利用她說自己想說的話……」

貞允打斷熙英說：

「女性的問題？妳以為自己和那個枉死的女性一樣嗎？妳不覺得這是很傲慢的想法嗎？立場也太不一樣了吧？妳過去沒有經歷那樣的人生，未來也不可能經歷。妳不了解那樣的人生，怎麼能說出這種話呢？妳過過窮苦的日子嗎？窮到必須要賣身嗎？妳覺得接受高等教育、吃飽穿暖的自己和她們一樣？所以有資格討論這個問題？」

「發言不要感情用事。」

龍旭插嘴說道。

妳覺得貞允越過了那條不應該跨越的底線。至於那麼激昂嗎？有必要指責熙英的階級觀點，說出近似人身攻擊的話嗎？妳雖然這樣想，但還是更認同貞允的看法。針對基地村女性的問題，我們能說什麼呢？熙英為什麼選擇這個專題呢？難道不應該選擇眼前的社會案件，或更重要的問題嗎？妳無法理解熙英。

熙英表情平靜地聽完貞允的話。大家都很好奇熙英會如何反駁貞允，但她只說了句：

「知道了。」

在接下來的會議上，熙英第一次放棄自己想寫的專題。

✷

下個學期開學的時候，三年級的熙英、四年級的貞允和龍旭離開了編輯部。雖然一直想離開的人是妳，但直到畢業前，妳都沒有離開。妳還記得最後一次與熙英和貞允一起編輯校刊的美好時光。即便整個過程少不了意見分歧和論爭，也有過失望和沮喪的瞬間，但閱讀她們的文字給妳帶來更大的喜悅，而且妳很滿足於能與她們一起共事。

妳在編輯部工作了近兩年的時間，寫作於妳成了一件游刃有餘的事。當妳把茫然的想法整理成文字，寫出帶有自己觀點的文章時，妳便再也不是當年在大家面前含糊其詞的膽小鬼了。落筆寫下自己觀點的瞬間，妳在字裡行間感受到了力量。妳希望可以持續感受文字帶來的驚喜與幸福，渴望用文字去證明，即使是脆弱的自己，內心深處也有可以觸動他人靈魂的力量，以及渺小的自己也是一個有感情和想法的人。

如果寫作很容易，如果妳有寫作的天賦，如果妳可以不費吹灰之力讓文字躍然紙上，說不定妳早就對寫作失去了興趣。正因為妳覺得寫作很難、很痛苦、很疲憊、很難為情，有時甚至從中只感受到自我蔑視，但寫作本身正是克服這一切的事實吸引了妳。寫作讓妳認知到了自己的極限，並從一點點超越極限的過程中感受到了幸福，因此妳再也回不到從前一無所知的狀態了。

直到現在妳也不知道熙英為什麼不再見貞允。

熙英離開了編輯部，她仍經常見妳和編輯部的其他後輩，唯獨不出席有貞允的場合。有一次聚會，熙英聽說貞允要來，便馬上走人了。大家追問熙英為什麼躲避貞允，她也不回答。妳問她是不是討厭貞允時，她反而說很喜歡貞允，希望妳能給予理解。

貞允也只是冷嘲熱諷地說：「我不在乎熙英了。那種人，在乎她沒有任何意義。」

妳不是不關心她們的關係，但妳的生活也很忙碌。妳必須把精力放在學業上，補全一、二年級落後的學分，並在編輯部做事的同時開始準備找工作。妳會給熙英看初稿，熙英也會像從前一樣用紅筆修改。

貞允和熙英在同年一起畢業。貞允休學了一個學期，熙英則是提前畢業。正如大家所料，貞允考上了社會系的研究所，熙英則悄悄地走上基地村活動家的道路。儘管大學期間妳和熙英的關係親密，她從沒告訴過妳自己的計畫。

「我早就計畫好了。」

開始工作的熙英對妳說：

「基地村活動家編輯的新聞報刊吸引了我，讓我覺得應該加入她們。」妳心情複雜地看著熙英。妳感到很遺憾，始終無法擺脫她不應該把自己的才華和能力浪費在那裡的想法。

那年快入冬的時候，熙英邀請妳到家裡作客。剛下午五點，天就黑了。妳走出地鐵站，看到熙英抱著身體蹲在馬路對面。她穿著妳從未見過的綠色大衣和長棉裙，腳踩毛皮靴。在陌生的地方看到久未碰面的朋友，妳覺得有些尷尬，但也很高興和興奮。妳踱著小碎步等在路邊，紅燈還沒變綠燈，熙英就抬頭看到了妳。妳還記得那時站起來的熙英看上去有多幸福。熙英揮舞雙臂，在虛空中畫著大圓圈。

妳走過馬路，和熙英一起去了她常去的餃子店。

「想吃什麼隨便點，剩下的可以帶回去。」

熙英就像看出妳很餓，把菜單上的菜全點了一遍。肉餡餃子、泡菜餃子、拉麵、麻花、紅豆包……妳和熙英坐在三腳塑膠椅上，呼呼吹著熱氣，狼吞虎嚥地吃光了所有食物。妳們忙著吃，都沒閒聊，就只說了幾句：「這個好吃，妳也嚐嚐這個，要不要再加點醃蘿蔔？」

走出餃子店，通往熙英家的巷弄非常暗，感覺越走四周越空蕩了。

「沒有高樓，所以晚上更黑。」

長長的影子落在妳和熙英面前。

熙英住在三層磚樓的最頂層。脫了鞋，剛要走進房間，地面熱得直燙腳。

「我怕妳冷，開了地暖，結果變成這樣。」

熙英打開窗戶，在地上鋪了一張褥子讓妳坐在上面。褥子很涼。妳坐在褥子上，環顧四周，房間乾淨整潔。一個房間和客廳，大小很適合一個人居住。

妳們坐在房間裡，聊起期間發生的事。妳傾訴了自己的不安，不知道能不能找到報社或雜誌社的工作。因為亞洲金融風暴爆發，就業越來越困難，父親也被解雇了。

熙英也講了自己的事：制定食譜，採購食材在餐廳煮飯和姐姐們一起吃、幫姐姐們照顧孩子、修理庇護中心的洗衣機、聆聽姐姐們的苦楚、因月薪不按時發放而遇到的困難，以及放假的時候也要打工。

妳觀察熙英的表情，小心翼翼地說：

「我總是覺得妳應該從事文字工作。」

熙英看著妳，嘴角微微一動，卻沒有笑出來。

「利用妳的才能不是也能從事社會運動嘛。」

「我現在不知道……」

熙英欲言又止，正了一下眼鏡。

「寫東西有什麼了不起。真的是那樣嗎……寫東西真的比在那裡和姐姐們一起煮飯吃、打掃衛生、照顧孩子更崇高嗎？如果有人問我，我會回答我不知道。」

熙英望著敞開的窗戶，繼續說道：

「我不想成為那種自以為讀了、寫了，就當作盡到了自己本分的人。太多人甩開負罪感活著，他們都以為只要批判不正義的事，自己就是正義的化身，以為自己永遠都是正確的。在編輯部的時候，我好像就是這種人。這是我的選擇，雖然和其他人不一樣。」

熙英說到這裡，溫柔地看著妳。

「貞允姐不是說過，就因為這樣，我不能寫東西。也許她是對的。有時候，我覺得跟姐姐們走近了，可以理解她們的心境時，就會想起貞允姐的那句話：『不要誤會，妳無論如何都不會懂的。』」

妳在熙英家住了一晚。隔天回家的路上，妳想起熙英稚嫩的臉龐。那是愛著某人的表情，是孤獨地愛著某人的臉龐。

三十九歲的熙英並非孤身一人。當聽說熙英在臨終時，她深愛的人依然握著她的手，妳在悲傷之餘也鬆了一口氣。

當妳還是新人記者時期，熙英給妳打過幾次電話。那時的妳忙得連睡覺的時間都沒有，整天進出警察局跑新聞。「海珍啊……」熙英停頓了半天，「我就是想聽聽妳的聲音……」現在想來，每次通話都不到三分鐘。妳未曾表露厭煩，熙英卻似乎察覺到了什麼，之後就再也沒打過電話。當時，熙英已經在基地村待了三年多，也就是辭掉那份工作之前。那時，貞允和龍旭婚後赴美也一年了。

關於那時的事，熙英從沒跟妳解釋過，就只隨口提了一句：「偶爾會覺得被孤立了。」

熙英在食品公司的總務科工作了很長一段時間。偶爾見面的時候，熙英會送妳一些妳喜歡吃的咖喱粉。在此期間，妳從社會部調到文化部，然後又調回社會部，最後調去了政治部。熙英從未提過妳寫的新聞報導，也許她是覺得放棄寫作的自己沒有資格對妳的文筆評頭論足吧。但熙英的聲音一直陪伴妳、喚醒妳、安慰妳、讓妳懷疑自己的確信。

新人記者時期，妳為取材參與集會，當聽到人們高唱〈Fucking USA〉時，妳想起了熙英。妳很想阻止人們在追悼犧牲者的集會上唱這首歌，但妳束手無策，只能像受罰一樣站在原地聽完整首。妳很想抓起熙英冰冷的手，穿過人群，離開現場。妳只是想哀悼，妳不想在枉死的靈魂前唱這種歡快的歌曲。妳認為只有熙英可以理解妳的這種心情。

熙英與病魔鬥爭了三年，她不想讓大家知道自己生病的事，但在最後用電腦寫了一段簡短的文字寄給了妳。熙英拜託妳，等她死後再把這段的文字轉寄給編輯部的大家。她再三囑咐必須要在自己死後做這件事，還開玩笑說，寧可死也不想大家來探望她。

如熙英所願，妳在舉行完她的葬禮後，轉寄了那封信，其中也有貞允。熙英在信裡寫道：「也要寄給貞允姐。」

「貞允姐，請原諒我對妳的不寬容。我想愛，卻不知道如何去愛，所以沒有回覆那些信。對不起。我一直都很想妳。妳好好生活。」

貞允看了郵件，但沒回信。

貞允似乎有話想說，猶豫了半天才開口道：

「快畢業的時候，我在那邊、戲劇部的大樓前見過熙英。她迎面走來，我們誰都沒來得及躲閃。那條路很窄。」

貞允指了一下前方，就像看到了那條路。

「我問她：『妳畢業以後去基地村？』，她看著我點了點頭，表情十分恬靜。我從沒見過那樣的熙英。現在想起熙英，就會想起那時她的表情。」

五月正午的時光正在流逝。妳把一隻手搭在貞允顫抖的肩膀上，走近她並坐了下來。妳還無法判別什麼改變了，什麼仍保持原樣。妳又稍稍地靠近了貞允，好讓她可以依偎在妳的懷裡。

一年

前三天還是晴天，窗外可以看到遠處的高架橋和過往的車輛，以及高架橋前方的高層公寓、商場大樓、住宅區、樹葉掉光的大樹和偶爾成群結隊飛過藍天的鳥兒。那年冬天，她身上帶著接血水和分泌物的引流袋，打著點滴躺在病床上，望著窗外的風景。

醫生說一直躺著恢復得更慢，所以三天後，她推著附輪點滴架來到走廊散步。她緩緩地移動腳步，中途走到休息室坐在椅子上，一邊心不在焉地看電視，一邊聽病人、家屬和訪客們聊天。

偶爾也有人來探望她。從她住院到手術結束，家住很遠的阿姨一直陪在她身邊，好些朋友也來看過她。根本沒什麼感情的大伯夫妻也來了，他們在病房大聲祈禱，還唱了讚美詩歌。幾位公司的同事也來探望過她。

她很意外這些人會來探病。面對正在經歷痛苦的她，大家都親切地送上安慰的話，讓她覺得被大家接受了。那種感覺就像術後流淌在血管中的嗎啡，既溫和又甜美，減少了痛苦。但她並沒有忘記，這些人曾經比任何人都讓她痛苦。

她遇到多喜是在手術後大約一個星期的時候。她走在八樓的走廊，一身黑色運動裝的女生迎面而來。距離漸漸拉近，她才認出是多喜。多喜緊盯著她，走了過來。

「前輩。」

「多喜。」

「妳怎麼在這裡……」

多喜一臉驚訝地看著她。

「我剛做完手術。妳怎麼……」

「我媽媽住院了。」

素顏的多喜綁著亂蓬蓬的頭髮，腳上穿著拖鞋。

「我們去哪裡坐一會兒吧？」多喜問道。

「好啊。」

兩個人慢步往休息室走去。電視播放著晚間新聞，幾個人正在低聲交談。她沒有想到會再次遇到多喜，慌張地坐在休息室的椅子上。坐在光線幽暗的休息室，多喜告訴她，媽媽今天剛住院，準備做乳癌手術。

交談期間，走廊的燈又熄滅了幾盞。她不知道該說什麼，視線一直落在多喜踩著拖鞋的腳上。

她也簡單地說了自己的近況，從確診、手術到恢復的過程。多喜不時做出反應：「嗯。是喔？然後呢？」雖然很久沒見，與多喜聊天還是讓她覺得很舒服。

交換完彼此的近況後，兩個人默默地看著對方的臉。在黯淡的燈光下，多喜的長眉毛映入了她的眼簾。多喜講話時，一雙眉毛會動來動去。在多喜鎖眉微笑的臉上，長長的眉毛畫著兩道曲線。

＊

她在二十七歲那年的冬天遇到多喜，距離現在已經八年了。當時，她是工齡三年的員工，多喜則是為期一年的實習生。

風力發電機施工接近尾聲的時候，由於時間緊急，現場經常出現問題。雖有監工，但還是需要總公司的人在現場確認問題，再向公司匯報。

從多喜進公司的幾個月前開始，她一直在負責這份工作。每天趕到現場，掌握當天出現的問題和員工的不滿，然後匯報給組長。這份工作不僅要求守在現場，每星期還要進總公司做幾次報告和參與會議。工作十分辛苦，因此沒有人願意負責，在她之前就已經換過好幾個負責人了。當她主動接手這份工作時，大家驚訝的同時也都鬆了一口氣。

她總是工作到很晚。一個人得做很多事，但那段時期的她很想以此證明自己的能力。下班開車回家時，才二十七歲的她覺得自己已經變成了老婦人。入社前的人生早已遠去，那時的自己在記憶中就像陌生人。每天熬夜溫書，通過那麼多考試，最後努力抵達的地方卻是荒郊野外的施工現場，面對衝著自己大喊大叫的人們。在一望無際的空地上，只有三架風力發電機俯視著她。

每次往返現場，她都會經過仁安大橋。

大橋兩側是廣闊的大海，遠處還可以眺望島群。大橋的路面鋪得非常平整，行駛在上面如同滑行，絲毫感受不到輪胎與地面的摩擦。她很喜歡這種感覺。風大的時候，車體會劇烈搖晃。有時想到行駛在懸空的大橋上，她也會感到害怕。

日落前後時的大橋非常美，橋上的裝飾燈和間隔有序的路燈投射出時而紅色，時而紫色的光線。夜幕降臨後，遙望大橋，汽車就像行駛在虛空中。小時候，她聽說未來會發明飛行汽車，那時的她就認為天空是白雲和小鳥的家，不應該變成亂糟糟的地方。現在的她更清楚的是，即使風力發電機有再多的益處，對於飛翔的鳥類而言，最終就只是躲不掉的屠殺機器。

每次開過仁安大橋時，她都會陷入這樣的深思，清晰與朦朧參半的思緒會將她從眼前的現實驅趕出去。

多喜在實習一個月後成為她的助理。多喜精通中文，為了支援與中國技術人員合作的員工，公司把她派去現場。但多喜不會開車，施工現場也沒有大眾交通可以抵達。想到實習生坐在副駕駛座會很不自在，她決定用共乘的方式載多喜去上班。決定這樣做以後，她還是有些放心不下。

第一天共乘，有著濃密短髮的多喜身穿優良材質的薄大衣，腳踩一雙乾淨的皮鞋，就像搭朋友的車一樣，很自然地坐上副駕駛座，把黑色的背包放在膝蓋上。

「謝謝妳。我應該去學開車的。」

說完，多喜便從背包裡取出橘子剝了起來，很快車內便散發出橘子的香氣。多喜把一瓣一瓣的橘子放在好似小碗的橘子皮上遞給她，她拿起幾瓣放進嘴裡，然後說不用再給她了。多喜不停地從背包裡取出橘子，一邊吃一邊聊起了接受實習教育的事和為什麼成為她的助理，以及公司食堂的飯菜很美味。就算是不怕生、善於社交的性格，哪有幾個人可以跟公司的前輩，而且還是第一天單獨相處就一邊吃橘子，一邊侃侃而談呢？這樣的多喜，讓她想起了剛進公司時，竭盡全力向大家證明能力的自己，以及隨之而來的心灰意冷。

「妳穿得這麼少，到了現場會冷的。那裡荒郊野外，風很大。」

「我國中是在中國瀋陽念的，這種冷不算什麼。」

「但吹的風不一樣。現場的風會吹得頭痛，腦袋嗡嗡作響。」

「那怎麼辦？」

「後面，後座上有一個薄睡袋。等一下太冷的話，妳就把睡袋圍在身上。」

那天的風特別大。抵達現場後，她戴上羊毛帽，多喜披著藍色的薄睡袋下了車。寸草不生的大片空地和巨大的風力發電機總是讓她望之卻步。那裡的一切彷彿都帶有生命，大地、發電機和風也是如此。颳大風的時候，風聲就像人們的竊竊私語，下班後也會出現幻聽。白色的發電機看上去就像身穿白衣，高舉風車的巨人。

多喜一臉好奇的表情，默默地仰望著發電機。從一號機走到三號機，多喜都是同樣的表情。她很自然地與初次見面的現場負責人聊天，多喜也自然而然地融入人群。多喜的大眼睛毫無掩飾地表露著感情，講話時長長的眉毛動來動去。短短的時間裡，多喜變化出各種表情，笑聲就像孩子一樣。

看到這樣的多喜，她想起初次與之交談的時候。在歡迎實習生的聚餐上，大家有說有笑喝著啤酒，只有多喜的臉頰和脖子紅紅的。

「不用勉強喝酒。」

聽到她的話，多喜咧嘴笑了。在那次聚餐上，她知道了她們同歲。多喜準備了很長時間的電視臺考試，卻一直很不順利，在去年放棄了。之後也投過幾家公司履歷，只找到這間公司的實習工作。

面對在大家面前毫無掩飾、侃侃而談的多喜，她既覺得這樣很坦率，也認為這是草率且不夠成熟的舉動。在職場沒有必要主動向對方全然攤牌，更何況多喜在實習生中的年紀最大，又是女生。這種草率之舉不可能為多喜帶來任何好處。在她看來，微醺且面帶倦色的多喜讓人很不安。

一起共事以後，她悄悄地意識到對於多喜的擔憂只是杞人憂天。多喜的直率坦言沒有成為人們挑毛揀刺的輕率之舉。坦誠的多喜沒有在大家面前放低姿態，即使工作上出現失誤，也只是針對錯誤的部分道歉，而不是藉由貶低自己來認錯。多喜的這種態度不禁讓她重新審視了凡事察言觀色、卑躬屈膝，以及過分貶低和嚴格要求自己的行為。而且很奇怪的是，和多喜在一起，她覺得稍稍放鬆了。

＊

十字路口右轉可以看到農協超市，多喜總是等在那裡。上了車後，多喜會靜靜地剝橘子遞給她。無論是晴天，還是下雨或下雪，每天多喜都會像做某種儀式似地坐在車裡剝橘子吃。

「妳家裡種橘子嗎？」

「媽媽的朋友種橘子。大概十年前？阿姨搬去濟州島了。」

多喜單手捏著橘子，繼續說道：

「這種露天種的橘子，瑕疵很多、皮又厚又不好看，味道也……說實話，太酸了。一開始我也覺得不好吃，但吃多了就覺得別的橘子不好吃了。給妳。」

多喜把幾瓣橘子放在她手上。

「我有一段時間沒胃口，什麼都不想吃，那個阿姨就給我寄了一箱橘子。家裡沒冰箱，一箱橘子放在那裡，愁死人了。沒辦法，我就一個接一個地吃，心裡還嘟囔她幹嘛寄這麼多橘子給我。」

「然後呢？」

「那些天，我就光吃橘子了。一開始還吃不出什麼味道，等一箱橘子見底，我的胃口也回來了。那個阿姨也真是的，我又不是親姪女，只是朋友的女兒而已，她還總是惦記著我。」

「她跟妳媽媽的關係一定很好。」

「她們年輕的時候是同事，各自結婚以後都住得很遠，也不經常見面。我很好奇，她為什麼對我那麼好。」

多喜又講了媽媽和阿姨是如何維持友誼的。

那天之後，聊天的話題變得更豐富了。她就像聽廣播一樣，聆聽多喜講的故事。由此，她知道了關於多喜的奶奶、父母、中國留學生活、交往過的人，以及陪伴多喜的寵物們的事。

「妳真有趣。」她說道。

「起初大家都會說，妳真有趣、真搞笑。」

多喜稍稍壓低聲音。聲音變小後，感覺也不同了。

「然後，隨之而來的就是失望，畢竟我不是他們期待中那種一直開朗活潑的人。我很小的時候，就有人對我說『啊，原來妳是這種人啊？』，然後就再也不理我了。」

多喜說完，無力地笑了笑。

「所以我交到朋友，為了不失去友誼，總是強顏歡笑，只想讓大家看到我開朗活潑的一面。」

多喜講話時的情緒觸動了她的內心。

「但就算我這樣，也會有人說『多喜，妳真沒內涵，太膚淺了，我有點膩了』。」

車內鴉雀無聲，車輪磨擦地面的聲音傳入耳中。她瞬間覺得，多喜越過了職場同事關係的界線。

「我坐在前輩車裡，不由自主話就多了……」多喜說道。

「不會啦。」

「對不起。」

「沒事的，別放在心上。我很喜歡這樣聊天。」

話雖如此，但她也不確定自己的想法。嘴上說沒事，喜歡這樣聊天，可真的沒事嗎？真的喜歡這樣嗎？她很感謝多喜對自己敞開心扉，卻不知道該如何回應這種赤裸裸的心意。

她在沉默中開車穿過市區，經由公寓社區和商街進入高速公路，往西邊駛去。一路上穿過幾個隧道，過了最後一個隧道就是仁安大橋。開過仁安大橋，路經總公司，再往西開一段路就是現場。

她和多喜一起見證了發電機首次試啟動，她們站在很近的地方，仰望發電機轉動的樣子。附在發電機上的發光體散發出紅光，機翼轉動的聲音與風聲混合出有節奏的聲響。那種聲音既讓人感到害怕，但也帶來一種痛快和自由的感覺。

那天下班回家的路上，多喜對她說，覺得巨大的機器有一種安全感。機器沒有感情，沒有喜怒哀樂，也感受不到不安，更不會出爾反爾。機器不會欺騙任何人，也不會遮掩，而且非常結實，因此每次看到發電機都會有一種莫名的安全感。

多喜還說，有一年，陪伴她的寵物相繼離開了她。那是在多喜開始準備電視臺考試快兩年的時候。經歷了離別之痛，多喜仍強忍難過，去參加了小組合作學習，然後再回家一個人以淚洗面。

「妳常想起那時候的事嗎？」她問道。

「不會，只是偶爾。那時候，我參加小組合作學習，缺席的話得說明理由。每次不能參加的時候，我都會如實講明原因。」

說到這裡，多喜默默地垂下了頭。片刻過後，多喜才開口說道：

「一開始，參加小組學習的人還會安慰我。但在那年冬天，和我一起生活了三年的貓咪死掉時，大家的態度就變了。有人對我說，『為什麼這種事總發生在妳身上呢？怎麼每次都是寵物死掉呢？』」

多喜從包裡取出紙巾擦了擦鼻涕。

「那時電視臺正在招人，大家都很敏感。畢竟一個人缺席的話，就會影響到所有人。他們可能以為我說謊吧。我一直很努力不在大家面前哭喪著臉，所以他們才會懷疑我吧。」

「多喜。」

多喜轉頭看向她，笑了笑。

「講出來，舒服多了。」

多喜剝開橘子皮，把幾瓣橘子放在她的手掌上。橘子又酸又涼。她細嚼慢嚥吃下橘子，情不自禁地開口說：

「去年……我外婆也去世了。」

她說到這裡，停了下來。她不知道為什麼脫口而出這句話。只講一句話而已，眼淚就奪眶而出。她忍住眼淚，繼續開車。

「我是外婆撫養長大的。我也像妳一樣，在公司假裝什麼事都沒有，然後一個人躲在車裡哭。」

話音落下，她半天沒再開口。

「因為是外婆，公司只給一天假。因為不是父母過世，大家都覺得我不難過。」

「前輩。」

多喜把手放在她的手臂上。

那天在車裡對多喜說的話，就像渴望釋放已久的吶喊觸動了她。這件事已經過去一年了，現在也已經可以用整頓的字句表達出來，但她的身體仍出現了不同的反應：冒冷汗、心跳加速、頭痛欲裂，時而還會眼眶泛淚。

就這樣，在每天行駛兩個多小時的車裡，她們交換彼此的故事，建立了一種不同於前後輩、朋友、戀人或擦身而過的路人的關係。她們下車走向現場時會成為同事，上了車後又會變回聆聽彼此故事、難以言喻的關係。

唯一中斷對話的瞬間，是在過仁安大橋的時候。當車子開上大橋，兩個人就會安靜下來。有時上橋後對話會突然中斷，有時看到大橋就會立刻結束交談。車子開過大橋時，多喜會轉頭看向右側，眺望窗外。每天都是同樣的風景，但多喜就像第一次過橋的人，出神地望著大海、小島、晴朗的藍天、日落與黑暗。

時間經過後，她不禁產生了兩種想法：必須公私分明，或明知這樣做很愚蠢，還是希望和多喜繼續聊天。

每次與多喜聊天，她都會覺得自己就像是在溫暖的大海裡游泳，所有的對話彷彿包圍全身的海水如此自然。認識多喜以後，她才意識到至今為止的對話，實際上就只是各自的獨白而已。長大後，她說了太多為了填補時間、為了維持最起碼的社會關係，又或者為了保護自己的話。現在她才知道，獨自待在鴉雀無聲的房間裡，不想與任何人交談的內心深處，其實也渴望著與他人交談。

「妳的外婆是怎樣的一個人呢？」多喜問道。

「嗯……國小二年級去郊遊的時候，我們玩尋寶遊戲，我找到的紙條上寫著雙層筆盒。一個男生見我領到雙層筆盒，非要用他的筆盒跟我換。我不同意，他就用腳踹我，搶走了東西。我們坐車返回學校，外婆來接我，我就把這件事告訴外婆。我說那個男生打我，還搶走了我的筆盒。外婆聽了，直接走過去找那個男生和他的媽媽理論。」

「然後呢？」

「一開始那個男生的媽媽還能心平氣和地講話，但轉眼就死不承認自己兒子做過那種事，還說外婆說謊。她越說越興奮，嗓門也越飆越高。外婆叫她打開兒子的書包看看，裡面肯定有兩個筆盒，還描述了被搶走的筆盒長什麼樣。結果打開書包一看，真的有我的筆盒。那個女人把筆盒還給我，臨走的時候，就像看到蟲子一樣看著外婆說『一把年紀還那麼兇！』聽她這麼說，外婆也不甘示弱。」

「她說什麼了？」

「就因為妳這種人，我才越老越兇。看什麼看！妳這個……死婆娘！」

說完，她笑了。

「我一直都記得那時外婆的樣子。我可以看出她很想反擊回去，但又很膽怯。她罵人家死婆娘的時候，聲音越來越小，感覺馬上就要哭出來了。外婆從不講髒話，這已經是最大限度的髒話了。一想到外婆，我就會想起這件事。她為了保護我，明明每瞬間都在害怕，還是必須鼓起勇氣。膽子那麼小的人，還要罵人家死婆娘。」

「前輩。」

「……」

「謝謝妳，講給我聽。」

*

發電站開業式原定於上午十一點，在距離風力發電機稍遠的空地舉行。九點左右，載有音響設備、講臺和椅子的卡車抵達了現場。天氣預報預測會是一個晴天，但當天烏雲密布，還颳起大風。剛擺好的折疊椅馬上就被風吹倒。如果下雨的話，恐怕只能取消活動。沒辦法，她和其他人只能一邊重新擺好椅子，一邊期待大風停下。

她和組員、實習生從幾週前就開始一起準備這次的活動，從租場地、製作邀請函、寫報導資料、設計橫幅和宣傳品，到聘請專業的翻譯、攝影師和導演。除此之外，還預約了觀光巴士和戶外活動所需的所有用品。

臨近活動時間，市長、高等公務員、市議員、公司高層陸續入座，報社和電視臺的記者也紛紛抵達現場。身穿西裝的男人們站成一排的時候，實習生在兩側立起剪綵桿。彩帶一字展開後，兩名身穿西裝裙、最年輕的實習生從兩側端著不銹鋼托盤走出來，把剪刀發給所有人。

看到眼前的場景，她想起了剛入社時的自己。「妳們誰是最後一個進公司的？」在新人入社前，每次活動她都負責獻花。大家把負責獻花的新人叫做「花女郎」。每當這時，她都必須努力克制自己的情緒，因為她不想聽到不成熟或笨手笨腳的評價。

活動原計畫從十一點開始到十二點結束，但到了十二點半也尚未收尾。主管們依次上臺發言，每個人都講了很長時間。麥克風出現問題時，有些人就會看向員工，沒好氣地質問怎麼回事。她站在手足無措的員工中，吹著大風。

她經常看到對員工大吼大叫或講話無禮的人，但令她身心俱疲的，不光是這些人，還有從這些人口中脫口而出的、毫無意義的陳詞濫調：炫耀自己地位和特權，口無遮攔地發洩情緒。

活動結束後，大家移動到飯店參加午宴。員工分成兩組，一組負責清理活動現場，另一組負責前往餐廳迎接賓客。她清理完現場，很晚才趕到飯店。她走到餐廳門口時，看到多喜正和金常務並肩站在一起聊天。金常務看到她走來，擠出一臉親切的笑容，讓多喜翻譯她的話。都是令人尷尬的冷笑話。她走到金常務面前，匯報了現場的情況。

「知秀，多喜是你們組的實習生吧？」

「是的。」

「多喜人滿有趣的。妳應該是實習生中年紀最大的吧？」

多喜點了點頭。

「妳要努力工作，可不能馬馬虎虎。」

「知道了。」

多喜在金常務面前顯得畢恭畢敬，似乎發自內心感謝他的這番話。看到多喜努力想在掌管人事權的金常務面前留下好印象，她心裡有些不是滋味。她覺得沒有必要這麼做。

「那辛苦妳們了。」

金常務走後，她和多喜各拿了一瓶水走到窗邊。

「金常務的話別太放在心上。」她說道。

「我沒事。」多喜笑著回答道。

多喜望著窗外，用手指摸摸早已沒了口紅的嘴唇。透過窗戶可以看到遠處的地平線。

「聽小組的人說，金常務很欣賞前輩。」

她不知道多喜講這句話是什麼意思，一顆心沉了下來。

「他們還說什麼了？」

「說妳做事手腳俐落，很討主管喜歡。」

她眺望窗外遠處的小島，一邊心想沒什麼，一邊揣測起那些人是以怎樣的態度談論自己和金常務。

也許是因為整日忙碌太累了，回家的路上，多喜一反常態，一聲不吭地坐在車裡。風很大，吹得樹枝不停搖曳，垃圾也在空中飄來飄去。

「我……剛才說的話。」多喜打破沉默說。

「什麼話？」

「大家在背後議論妳的事。我也是沒多想……」

「說了又能怎樣。」

她不以為然地說。多喜遲疑一下，又開口道：

「前輩和金常務不一樣。」

「我知道。」

「實習生和其他前輩都說妳是好人。」

「真是萬幸。」

車子上了仁安大橋，多喜轉頭看向黑暗中陸續亮起的光點。她直視前方大橋的燈光，思考著「好人」一詞。

暗中遭受排擠時，大家也對她十分親切。早上一臉笑容地跟她道早，在電梯或廁所遇到她時，也會很熱情地打招呼。也有人提議一起吃午餐，在工作中從未明目張膽地排擠過她。

不過明明有這樣的瞬間：大家都有收到喜帖，唯獨她沒有收到；走進茶水間，空氣立刻發生微妙的變化；哪怕是很平常的話題，大家也不想跟她聊私生活；即使沒有人說什麼，氣氛卻變得很尷尬；雖然對她無法融入大家的世界感到很遺憾，每個人卻都一臉事不關己的表情。

面對這些狀況，她感到心灰意冷，只希望一切快點過去。雖然痛苦，她還是活了下來。她知道這意味著什麼。堅持活下去，痛苦和承受痛苦的時間才會消失。從某一瞬間開始，她不再躲躲閃閃，她用自己的方式進入了他們的世界。畢竟一切都在變化，人也是善變的。但就算是這樣，她還是難以入眠，睡眠品質越來越差，醒來後更加疲憊不堪。有時，她會像懲罰自己一樣酗酒，隔天繼續在辦公室裡有說有笑。

快開過仁安大橋時，下起了雨。她開啟雨刷。

「我沒跟妳說過，我在公司算是邊緣人，不合群，很難融入大家。」

多喜轉頭看向她。

「我想了很久……是不是自己做錯了什麼。雖然現在好多了，但還是會這麼想。」

「怎麼能說是自己的錯呢？也有可能是別人不對啊。」

「會嗎？」

剛進公司時，她以很負面的視角看待公司那些不肯接受自己的人。遭到好人拒絕的想法只會讓自己痛苦，所以她寧願相信受到了糟糕、冷血的人的無視。不是那些人拒絕她，而是她拒絕了那些人。只有這樣想，她才不會那麼難受。因此他們必須是毫無價值的人。你憑什麼無視我？她在那些人的面孔、聲音、動作和存在本身中，找出不得不厭惡他們的線索。她在沒有察覺到內心正在腐爛的情況下，日復一日地重複著這件事。

進公司一年多的時候，她在電梯裡遇到了金常務。金常務提到他們畢業於同一間大學，還親切地跟她搭話：

「像妳這樣的新人肯定會很委屈。怎麼能讓妳跟那些高中畢業的特聘生一起進公司呢？」

金常務用善解人意的表情看著她笑了笑。

「表面上看你們是同一批入社的新人，但那都是走形式。我可不覺得他們是後輩，所以說，妳不用擔心。」

金常務走出電梯，她透過電梯的鏡子看到了自己的表情。如果是從前，金常務的這番話，就算是勉強，她也很難擠出笑容。但聽到時，她反而鬆了一口氣，而且覺得以這種方式認可自己的金常務很親切。她從金常務歧視人的發言中獲得了安慰，並透過鏡子看到了自己暗含喜悅與欣慰的笑容。

也許大家早就看清她醜陋的一面。我不是那種人，我變成這樣，都是因為你們。她很想這樣辯解，但這種想法連她自己也無法說服。

她未能把自己當年的樣子告訴多喜。

✷

發電站正式啟動後，她和多喜分別負責起其他工作。入秋後，她開始著手編輯、出版發電站的相關資料冊，多喜作為助理加入了能源博覽會的準備小組。

雖然多喜婉拒，但她在發電站開業式以後，還是會接多喜上下班。多喜上車後，會把切得大小適中的水果、年糕、麵包或各種堅果放在她手上。

每逢週末，多喜都會去圖書館準備考試。公司將在實習期結束前，透過考試正式錄用三分之一的實習生。多喜常開玩笑說：「公司只錄用三個人中的一個。」三個人中只選用一個人，即使落選的可能性很高，還是讓人抱以期望。她希望多喜可以成為三個人中被錄用的那個人。

三年前，若多喜也像她一樣應聘這間公司的話，肯定可以輕而易舉地得到這份工作。但多喜做了更難的選擇，期間就業條件變得更加苛刻。過去三年間，儘管多喜全力以赴，然而時間卻證明了她的判斷失誤。當時就算一路風順，做出明智的選擇，盡快具備企業所需的要求，也很難找到好工作。多喜沒有細說在以何種程度的負擔準備考試。

某一天在回家的路上，經過隧道時，多喜說：

「小時候，每次過隧道，我都會憋一口氣。」

「為什麼？」

「因為聽說憋氣過隧道，許的願就會實現。」

「妳許過什麼願？」

「早都忘了。」

她轉頭看了一眼多喜。隧道的燈光在多喜的臉上一閃而過，閃現出道道斑影。

「我只記得憋氣很吃力。真是委屈死了。」

「現在呢？」

「我現在不會為自己許願了。我還是有願望，但不會向誰許願。」

車子快穿過隧道時，多喜接著說：

「我希望妳能幸福，還要身體健康。」

她注視前方，說了聲謝謝。她也想把同樣的祝福送給多喜，但話到嘴邊還是嚥了下去。當她轉頭看向多喜時，多喜已經睡著了。

多喜參與的博覽會準備小組的負責人性格衝動，每次都會在最後一刻推翻決定，插手不該介入的事，把已經弄好的事情搞得一團糟。正因為這樣，處理後事成了實習生的工作。她認為那個負責人是在利用實習生的不安。

人人都會犯錯，但多喜有別於以往，變得越來越焦躁了。說得好聽一點，多喜變得慎重了，可是從某種角度看，她是在持續的心灰意冷中失去了自己的光芒。偶爾她會遠遠地望著站在人群中發呆的多喜。多喜依舊可以配合氣氛微笑、點頭，但看上去就像一個空皮囊。

她經常勸多喜不要勉強自己，做事要靈活一點，無需連別人的工作也都包攬下來。大家非但不會感激，反而會覺得這是理所當然的事。同樣的話，她說過幾次後，多喜笑著說：

「前輩，妳沒做過實習生吧？」

她從多喜開玩笑的語氣中感受到了隱藏的真心。話音落下，多喜轉頭看向窗外。

隨著多喜經常加班，她獨自開車回家的日子越來越多了。多喜和同組的其他實習生很快成了朋友，不加班的時候，大家也會聚在一起。她和多喜還是會一起上班，可很多時候多喜都在車上打瞌睡。從那時起，她再沒向多喜抱怨過任何關於公司的不滿。面對不安的多喜，她對自己所處的位置產生了淡淡的愧疚之情。

她組裡的人經常背地裡談論實習生，抱怨他們沒有工作經驗，總是搞砸事情，處理問題的速度也很慢，最後還是會用施捨的語氣說：「就算這樣，還是得靠我們帶他們。」大家還會問她與多喜的關係，問她為什麼要對最有可能離開公司的人那麼好？她一邊心想如果多喜是正式員工，大家就不會問這種問題，一邊隨口回答說，家住同一個方向，一起上下班而已。

距離博覽會僅剩兩天的時候，多喜還在加班。博覽會的小冊子發現了錯字，多喜只好留下來用貼紙一一補救。因為最後送印的人是多喜，所以她必須承擔責任。明明是負責人最後修改原稿、打錯字，他卻把責任推給多喜，自己準點下班了。幾名實習生留下來加班，一起補救五百本小冊子。

她想送多喜回家，加上自己也有沒做完的工作，於是留在辦公室邊工作邊等多喜。快十一點的時候，多喜做完事，走到她的座位。

「前輩。」

多喜皺著眉頭，一臉特有的笑容。

「妳不用等我的。謝謝。」

「我也有工作沒做完。」

「幸好提早結束了，不然我會更內疚的。」

多喜露出真心抱歉的表情。

「讓其他人看到多不好，大家該覺得我受到特別待遇了。」

「知道了。以後不會了。」

她不以為然地笑著走出辦公室，心裡卻多少還是覺得不是滋味。她努力不讓自己對多喜產生這種感覺，因為「你必須按照我的意願做出反應」的想法也算是一種情緒暴力。這種感覺比怨恨淡薄，比討厭含蓄，卻直接影響著其他感情。她不想對多喜失望。

車子在黑暗中緩慢前行。

「妳不累嗎？」

多喜把一塊巧克力放在她手上。薄荷味的黑巧克力。

「再一個月，實習就結束了。」

「是啊。」

「今天加班的時候……我想像了一下明年這個時候，自己會在哪裡。」

多喜說著，把臉靠在背包上。

「今天我們三個實習生一起加班，但明年我們中的兩個人就不在公司了……我真希望留下來的那個人會是我。」

「大家都會這麼想。」她說。

「前輩。」

「嗯？」

「有時候……我覺得自己就像爬在巨大水晶球上的蝸牛。水晶球裡有漂亮的房子、有說有笑的人、一堆堆的禮物，大家看起來都很幸福，但我就只能在外面看著，怎麼也進不去，也不知道進去的方法。」

她不知該如何回應，遲疑了一下才開口說道：

「妳會通過考試的，不過就算失敗，也會找到更好的工作。」

話一出口，她便意識到說錯話了。就在她遲疑不決，想要做出辯解的時候，多喜說：

「我一直以為妳不是講客套話的人。」

「我說的不是客套話。」

「但我覺得是。」

「如果妳覺得是，那我只好道歉了。」

雖然她這樣講，但還是覺得多喜的反應過頭了。她的確講了不負責任的話，可不是也送上祝福了嗎？這樣講也是為了多喜可以稍稍安心，多喜有必要做出這種反應嗎？她等多喜下班，這麼晚開車送她回家，多喜怎麼能說出這種話呢？

「前輩，那個……」

多喜的聲音在顫抖。她遲疑了半天，才接著說道：

「幾天前，我聽到妳和其他人討論我。」

「什麼時候？」

多喜沒有回答她的問題。她不記得什麼時候跟別人討論過多喜。

「前輩，我……我不覺得我們只是家住同一個方向，所以才一起上下班。」

聽到這句話，她才想起了回答大家提問的自己。只是家住同一個方向，所以一起上下班而已。嗯？不是，我們不是什麼特別的關係。是啊，電視臺的考試本來就很難。是嗎？畢竟年紀不小了，進電視臺也沒有什麼優勢。是喔？的確很討主管的喜歡。她只是形式上回答大家的提問，但若多喜誤會的話，那意義可就不同了。

「多喜，我……」

「我理解。畢竟是在公司，如果我站在前輩的立場，也會那樣講的。」

多喜用手背擦了一下眼淚。她想告訴多喜，我不想傷害妳，我覺得沒有必要向那些人解釋我們的關係，但喉嚨一陣刺痛，一個字也沒有吐出來。事實上，那天她完全可以用另一種方式回答：我和多喜很談得來，所以變成了朋友。喂，本人不在場，不要再問長問短了。她之所以沒有這樣回答，是因為擔心會引出更多的問題，導致氣氛變得更加尷尬。

就在她遲疑不決的時候，車子穿過了最後一個隧道。那天，她只對多喜說了一句對不起。她後來想了一下，若當時極力做出辯解的話，就不會傷害多喜了嗎？但最後的結論仍是，與其辯解，還不如乾淨利落地道歉。她不想用自己的觀點去解釋多喜的傷痛。

「妳應該最清楚我是怎麼想妳的。」

快要抵達多喜家的時候，她開了口。

「沒關係。我今天太累了……」

多喜笑著說完，開門下了車。她很傷心。多喜怎麼可以這樣對我呢？她受傷了。她知道如果是從前的多喜才不會這樣說。因為當感情變成傷痛的時候，人們會刨根問底地追問。但面對沒有任何期待與不捨的人時，往往會為了保護自己而關上心門。於多喜而言，她成了毫無期待的人。

與多喜一起通勤的最後一個月，兩個人誰也沒有再提那天的事。她們就像什麼事也沒有發生一樣，有說有笑地聊天。她很傷心，卻不知道多喜作何感受。

多喜實習的最後一天，她開車送多喜到家門口。那天她們也和往常一樣，坐在車裡若無其事地聊東聊西。她祝福多喜通過考試，希望可以一直結伴上班。多喜也說希望可以這樣。

「但是……今天也有可能是我們最後一天一起上下班。」多喜說道。

「會嗎？」

「前輩。」

「嗯？」

「我們真的很聊得來。」

她點了點頭。

「我知道妳很照顧我，也知道自己沒為妳做過什麼。」

「多喜……」她猶豫不決地選擇著用語。「我……我和妳相處，也稍稍接受了別人。這對我來說，是很有意義的事。」

她說出這句話的時候，車子上了仁安大橋。兩個人一如既往地沉默下來。她突然很想把未能說出口的話都告訴多喜。

多喜的眉毛。看著多喜講話時，動來動去的眉毛，她才發現原來人是有眉毛的，而且覺得眉毛是與心相連的。還有，她其實不喜歡吃橘子，但很感謝多喜剝開橘子皮，把一瓣一瓣的橘子放在她手上。因為無法拒絕，她開始喜歡吃橘子了。她還很擔心多喜會向她傾訴更私人的事，因為人們向他人傾訴心聲後，又會以此為由憎恨對方。起初她並不相信傾訴心聲可以拉近人與人之間的距離，但多喜讓她敞開了心扉。她不會忘記這一切，而且最重要的是，她希望她們永遠不要疏遠對方。可是最終，她一句話也沒有說出口。

經過仁安大橋時，雪花落在車窗上。兩個人一語不發地坐在車裡，凝視著漸漸變大的雪花。

「今年的第一場雪耶。」她說道。

過了仁安大橋，漫天飛雪，眼前突然變亮了。雪越下越大，穿梭的車輛開始減速前行。到了市區，街頭已經滿是撐傘的路人。她小心翼翼地把車停在多喜家門口。

「那我走了。妳路上小心。」

多喜開門下了車。她目不轉睛地望著多喜揹著背包，快速走進白雪紛飛的黑暗中。然而直到最後，多喜也沒有回頭。

＊

兩個人在醫院偶遇後，多喜又到病房探望過她幾次。有時待半個小時，有時只坐五分鐘就走了。

「前輩。」

日落時分，多喜站在病床隔簾外叫了她一聲。

「我可以過去嗎？」

「好啊。」

多喜身上散發出一股新鮮、冰涼的冬日氣息。多喜坐在陪護床上，她一身正裝，腳踩黑皮鞋，頭髮綁在腦後。從前的多喜還會為髮量多而苦惱，但現在她的頭頂已經稀疏了。多喜似乎是下班後趕來的。她起身坐在床上，遞給多喜一張紙巾。

「喝果汁嗎？有番茄汁和柳橙汁。」

多喜搖了搖頭。

「水？」

她倒了一杯水給多喜。多喜一飲而盡，用紙巾擦了擦臉和鼻涕。兩個人一語不發地坐了半天。窗外傳來救護車的警笛聲。

「很痛嗎？」多喜低聲問道。

「手術有一段時間了。現在不痛。」

「妳還和從前一樣，就像說別人的事似的。手術這麼大的事，妳也這麼淡定。」

「我有嗎？」

「都做手術了，現在不說痛，打算什麼時候說痛啊？」

她想回答不知道，但話到嘴邊，還是選擇了沉默。

大家都對她說，妳會馬上康復、會很快好起來的、會沒事的、一切都會過去的。她也這樣安慰自己，再忍耐一下，只要聽醫生的話，很快就會沒事的。從來沒有人問過她痛不痛，她忘記了還可以這樣問自己。

「很痛嗎？」多喜又問了一遍。

她看著多喜，點了點頭。

多喜起身，把手輕輕放在她的手臂上。看著多喜，她隱約明白了為什麼八年後的今天還是會想起那時的事。因為在與多喜交談的過程中，她展現了真實的自己。即使那顆心再醜陋，但在面對彼此的時候，也不覺得醜陋了。那時的對話點亮了彼此。她默默地希望，那段時間也可以為多喜帶來一絲光芒。

＊

出院前一天，多喜也來找過她，但兩個人誰也沒有開口問對方的手機號碼。她走出了多喜的人生，多喜也是如此。出院當天，下起了大雪。她回到家，望著紛飛的大雪，在臥室的窗邊站了很久。落在玻璃上的雪花轉瞬化為水滴，落在地面的雪花則為大地萬物披上一層銀白。然而，一切照舊。

她也仍將以自己的樣子生活下去。

回信

1

好久沒有提筆給你寫信了。

拿起筆又不知道該寫什麼好。

我像你那麼大的時候，每天都要寫一兩頁日記才能入睡。但隨著年紀漸長，日記越寫越短，最近就只是簡單地記錄一下當天吃了什麼、見了哪些人。這樣才能留下今天和昨天的不同，還有明天也會不一樣的證據。如果不記錄下來，我怕日復一日的生活會一下子蒸發掉。大概是從坐牢以後，我才萌生出這種想法的。入獄後，我比任何時候寫得都多。

你現在在哪裡？日子過得怎麼樣？有時我還是很捨不得你，但也很慶幸你是在不記事的年紀與我分離的。等年紀到了傷口可以馬上癒合、忘卻一路走來的所有時間時，你也將把我送走。

我四歲時，媽媽離開了家，因此我沒有關於她的記憶，我只能透過姊姊的陳述，猜想媽媽是怎樣的一個人，我們與她度過了怎樣的一段時間。小時候，姊姊一直盼著能與媽媽團聚，但期盼一次又一次落空後，姊姊開始把媽媽當成一個根本不存在的人。姊姊說她沒有任何關於媽媽的記憶，我知道她是在說謊，而且那是我第一次意識到他人的謊言。每次姊姊說謊，我都會很痛心。說實話，我在心底很羨慕姊姊留下了比我多跟媽媽生活了三年的記憶。

有很長一段時間，我都在怨恨拋棄我們的媽媽。我把媽媽想像成一個恬不知恥、毫無良心、邪惡無比的人，有時甚至還會詛咒她。那時候，把所有問題的根源歸咎於媽媽，似乎成了我承受和合理化人生的方法。僅憑這一個理由，我便輕鬆地解釋了很多發生在自己身上的事。

被關在監獄裡，我對媽媽的憎惡之情也沒有淡去。這樣一顆心，折磨了我很長一段時間。隨著時間流逝，當我到了比媽媽離開我們時還要大的年紀，我才能夠正視她是一個獨立的個體。她離開我們的時候，只有二十七歲。她渴望另一種生活，一種安全的生活。

我現在可以像看待比我年輕的女孩一樣，看待我心中的媽媽了。那時的她是個年輕、被孤立、多愁善感、無人依靠與支持的弱小女子。

媽媽走後，姑婆把我們撫養長大。爸爸在全國各地工作，短則幾日，長則一年都不在家。我和姊姊都很喜歡爸爸，雖然我們沒有直接表達出來，但我們會在爸爸身邊玩遊戲、講故事，默默觀察他是否有在聽我們講話。也許我們是希望在他眼中成為有趣、可愛的小孩吧。若爸爸做出小小的反應，我們就會開心不已。我們會笑得更誇張，假裝玩得更開心，然後斜眼偷瞄他的反應。有時爸爸會噗哧一笑，每當這時，我們的心就會像氣球一樣膨脹起來。

聽姑婆說，姊姊長得像爸爸，我長得像媽媽。無論是誰，都能認出姊姊是爸爸的女兒。他們不只五官長得像，姊姊簡直就是從爸爸身上複製出來的。爸爸不在家，姊姊陪我玩的時候，我可以看出她希望成為爸爸眼中既懂得照顧妹妹，又開朗樂觀且愛笑的孩子。姊姊一直在討爸爸的歡喜。

爸爸對我們的漠不關心很公平，他對我們沒有什麼特別的感情。儘管如此，姊姊卻說爸爸更偏愛我。我可以理解她為什麼這樣想，因為爸爸總是指名道姓地傷害她。

有一天，姊姊模仿歌手唱歌。我知道她是想引起爸爸的關注。我靜靜地聽姊姊唱歌，誰知爸爸卻說她膚淺，質問她為什麼唱那麼膚淺的歌。當時，姊姊只有十歲。我不知道膚淺是什麼意思，姊姊也不知道。但我們透過爸爸的語氣和表情，理解了這個單字的意義。

記得有一次我們模仿選美小姐踮起腳尖，雙手叉腰，還給彼此戴上用紙做的王冠。爸爸看到我們，叫了一聲姊姊的名字，手指著她，沒好氣地說：「妳知道自己在做什麼嗎？都不覺得丟人現眼？妳是想當那種高級妓女嗎？」

我記得聽到這句話的姊姊瞬間漲紅了臉。姊姊知道妓女是什麼意思嗎？就算我們不知道辭典中這個詞的意義，也能用心理解這句話的意思。

當時，我只有八歲，但已經聽說過妓女這個詞。之前跟姑婆去澡堂的路上，遇到過幾個抽菸的年輕女子。第一次看到年輕女子抽菸，我愣愣地盯著她們。姑婆見我盯著她們看，叫我轉頭，還說妓女才抽菸。

我很喜歡問不懂的單字，但當時出於本能，我覺得不能問這個單字的意思。我不想知道姑婆做出解釋時，席捲而來的陌生、恐怖的真相。妓女這個詞離我很遙遠，但其實與我有關。之後聽到爸爸提到高級妓女時，這個詞又突然離我更近了一步。也涉及我的那句話，讓我覺得很不舒服。過了一段時間，我才知道我所感受到的感情叫做羞恥。

沒錯，爸爸就是這樣指名道姓地傷害姊姊。我也受到了傷害，因為我始終覺得自己和姊姊是一體的。每次看到爸爸這樣傷害姊姊，我也覺得他在傷害我。姊姊不是一個人，而是代表了我們。

我還記得爸爸看姊姊的眼神和一臉不滿的表情，還有那種偶爾展露的難以言喻的笑容。每當這時，我都會覺得心被薄薄的刀片削去了一層皮肉。我的心很痛。儘管如此，很長一段時間，我和姊姊還是相信，只要我們改變，爸爸的態度也會有所轉變。我們不停地察言觀色，努力討好他。

姑婆說，世上沒有像爸爸這樣的人，他為了我們全國奔走打工賺錢，就算我們不聽話，他也從沒對我們動過粗。姑婆的意思是，子女挨打是天經地義的事，爸爸從不打我們，所以要知道感恩。小時候的我們相信了姑婆的話，認為爸爸對我們施捨了最大的慈愛。

但從某一天開始，我們放棄討好爸爸。因為我們知道，無論我們再怎麼努力也無濟於事，最後得到的就只是心灰意冷。我們在家裡有說有笑，看到爸爸回來就會閉上嘴，如履薄冰般的小心行事。

我現在明白了，對爸爸而言，我們就是他多餘的累贅。在我不承認這一事實，或甚至是在承認之後，我最在意的似乎都是別人想從我身上獲得什麼，而不是我自己想要什麼。我在不知道自己喜歡什麼的情況下，一心只想成為別人喜歡的樣子。也許是因為從小受負面情緒的影響，我莫名地覺得，自己是一個很不討喜的人，而且可以隨便任人蔑視。越是這樣，我越是努力去迎合別人，每次都在苦惱怎麼做才能讓對方喜歡我。就這樣，我連自己喜歡什麼、討厭什麼都不知道了。我被別人牽著鼻子走，為滿足他人的欲求而無視自己的欲望。那時候，我最大的恐懼就是讓別人失望。我不想、絕對不想成為任何人的負擔。

姊姊升上高中，放學後會去披薩店打工。位於鬧市區的披薩店，從姊姊學校搭公車需要二十分鐘。我偶爾會站在遠處偷看身穿白襯衫黑裙子的姊姊，她笑著和其他工讀生聊天，一臉笑容地遞出菜單，幫客人點餐。工作時的她看起來非常開心。那時的姊姊在我眼中，已是大人了。

下班後，姊姊會帶披薩回家跟我和姑婆一起吃。姊姊用打工賺的錢給我買了公車票，還給我零用錢讓我在福利社買麵包吃。每天姊姊都會早起，準備她和我的便當。

直到第二年冬天，我穿上姊姊給我買的羽絨衣才意識到，我不是不怕冷，而是之前沒有穿過這麼暖和的衣服。

姊姊是從什麼時候開始跟他交往的呢？他經常開車把姊姊送到我們家巷口。那是一輛黑色的小轎車，車型普遍，但車牌很好記，很容易就能認出是那輛車。有一天，我走在路上看到有人正準備下車。回頭一看，看到了從副駕駛座下來的姊姊和坐在駕駛座仰望她的男人的臉。那是我第一次見到他。

遇到我的姊姊坐立不安。我什麼都沒問，她就主動解釋說，放學路上碰巧遇到老師，所以老師開車送她回家。往家走的一路上，我只顧低頭走路，什麼也沒說。

「妳怎麼了？」

快到家門口的時候，姊姊問道。

「沒怎麼啊。」

我輕聲回了一句便走進廁所，半天也沒出來。我感覺額頭很燙、口乾舌燥。我用涼水洗了臉，還捧起水喝了好幾口，熱氣始終沒有散去。

姊姊是一個很透明的人，她不善說謊和隱瞞任何事。如果姊姊對我說謊，我立刻就能看出來，因為我比她機靈，而且很會察言觀色。我靜靜地坐在馬桶上，腦海中浮現出那個少說也有三十幾歲的男人的臉。那天之後，我又看到幾次那輛車停在路邊和姊姊從車上下來的模樣。

長大後的現在，每當我走在路上，看到那些身穿制服的小女孩都會感到驚訝。那個人怎麼可以利用那麼小的孩子呢？她們都是需要保護的孩子啊！但過去的我不是這樣想的。到底是有多放蕩，會跟老師混在一起？瘋了嗎？太噁心了吧！我把錯誤都歸咎在女孩身上，認為她們太糊塗、太愚蠢才會做出那種事。姊姊不會是那種人，她不可能做出那種事。我努力說服自己，但姊姊不善掩飾，這使得我心中的怒火越燃越烈。我甚至在心裡吶喊，既然這樣，就把戲演得像一點吧！

姊姊念高中的時候，還說要領獎學金上大學，畢業後當銀行行員。姊姊的數學很好，又很仔細，所以我理所當然地相信她會成為銀行行員。但在姊姊升上高三的那年冬天，當我提起她明年就要上大學時，她搖了搖頭。

「那是浪費時間。」

「不是，妳不是說要念大學，當銀行行員的嗎？」

我按捺住心中的不安問道。姊姊回答說：

「妳以為誰都能當銀行行員嗎？我可沒那麼聰明。」

「不，妳很聰明。」

我感受到一顆心在融化。

姊姊高中畢業以後，找到一份在百貨公司賣衣服的工作。我也升上了高中。那年冬天，我長高不少。姊姊不算矮，不過那時我已經高過她了。我也想去打工，但姊姊勸阻我，錢以後再賺也來得及，不用擔心錢，希望我好好享受學生時光。我靠姊姊給的錢生活，心裡一直都很過意不去。

我知道姊姊一直在跟那個男人交往。姊姊畢業後，那個男人調到了別的學校。查到他的資訊並不難。他比姊姊年長十五歲，對學生很好，是一個口碑不錯的教師。關於那個人的確沒有不好的傳聞，我感到很混亂。

姊姊在二十一歲那年懷孕了。我依然記得姊姊宣布懷孕消息時，爸爸臉龐閃現的表情——一個果不其然的隱笑。與其這樣，他還不如發火呢！姊姊說那個人會負責，還說他們會結婚。姑婆一邊拍打姊姊的背，一邊說她不知羞恥，還抱怨說她鬧出這麼丟人的事，以後出門都抬不起頭。聽到那個男人會負責後，姑婆又再三追問是不是真的。看到姊姊一臉確信地說他們會結婚，姑婆這才鬆了口氣。

沒過多久，那個人就來家裡見家長了。我現在還記得他坐在客廳燈光下的樣子：領口鬆垮的灰色針織衫，米白色的棉褲。大腿很瘦，褲筒顯得寬鬆。我放學回到家，脫鞋走進客廳，還沒開口打招呼，他就看著我說：

「妳裙子是不是改短了？」

這就是他對我講的第一句話。

「她一直在長個子啦。」

姊姊替我回答道。姊姊剛買給我的裙子，很快就短到了膝蓋。他的視線一直固定在我的腿上。我點頭打聲招呼，直到走進房間去換衣服，他的視線始終沒有移開。他觀察了遍我們家的每一個角落，傢俱、牆紙和窗框，還將所有人都打量一番。即使爸爸和姑婆在場，他也毫無顧忌地開著玩笑。每次提到婚事時，他就暗中轉移話題。見他這樣，姑婆勸說道，最好辦婚禮前先登記。

他用無可奈何地口氣說知道了，還再三強調，一無所有的姊姊只要人過門就可以，但他養活一個沒有大學文憑和存款的人可不是一件容易的事。爸爸和姑婆保持緘默，只默默聽著。面對此情此景，我會是什麼心情呢？我為了掩藏憤怒，坐在那裡勉強喘著氣。我甚至不知道自己為什麼那麼氣憤。

他走後，我直接回了房間，跟在我身後的姊姊觀察我的心情，開口：

「怎麼樣？」

「什麼怎麼樣？」

我假裝若無其事，笑著反問道。姊姊就像在辯解似地說：

「他對我很好。」

我故意坐下來整理抽屜，不想看到她講話時的表情。

「沒有人像他對我這麼好。」

姊姊說完走出了房間，她的聲音不帶一點虛假。我是那麼依靠、依賴姊姊，然而我卻無法給她任何力量，更無力填滿她空虛的心。縱使我想到這些，只有十八歲的我又能做什麼呢？我不知道如何幫助姊姊。我切身感受到了她很受傷……但我無能為力。

雙方家長見面的時候，他的母親表示，是姊姊扯了她兒子的後腿。因為姊姊懷孕，事情才演變到了如此地步。他的母親毫不掩飾對姊姊的不滿，而他就只是坐在一旁頻頻點頭。

從小到大我都很會忍耐，在很多事情上，我都可以完美地隱藏自己的情緒。忍耐是我的生存方法，我知道就算對抗，最後難看的也只會是自己。所以無論誰招惹我，我都不會做出反應，而且我覺得不以為然的態度才是守護自尊心的方法。是姊姊教會了我忍耐。

就算我再怎麼會忍耐，當看到受人蔑視也無動於衷的姊姊時，還是很痛苦。說實話，我是因姊姊把自己逼上絕路的愚蠢而感到氣憤。是的，我努力讓自己不去怪姊姊，心裡卻在不停地埋怨她。

婚禮前夕，姊姊給了我一大筆錢。她說那筆錢是給我交大學第一學期學費和整個高三的零用錢。那筆錢應該是姊姊的全部財產。我知道她存下那筆錢有多辛苦，無法欣然接受。但我也很清楚，如果沒有那筆錢，我就無法解決自己的未來。我對姊姊說，等我高中畢業就去打工還她錢。姊姊安撫我說不用，要是真想還錢，等大學畢業以後也不遲。

姊姊結婚後，搬進了位於我們家附近、那個人原來住的兩房一廳小公寓。我從有記憶以來就和姊姊睡在一起，當摸到身旁無人時，我才稍稍接受了現實。

我沒有經常和姊姊見面。雖然她住在很近的地方，可那個人在家的時候，我就不想去。姊姊家的客廳有一張小沙發，有次，他低頭看了一眼沙發下面，叫姊姊把沙發下面也擦得和其他地方一樣亮。我從挺著大肚子的姊姊手中搶過拖把擦了一遍地板。那天之後，我每次去姊姊家都會幫她打掃衛生。

姊姊家一直都很冷。即使是寒冬，那個人為了省錢也不開地暖。姊姊在家得穿羽絨衣、戴毛帽子、套兩雙襪子禦寒，等他下班回家才能打開暖氣。第一次聽說這件事的時候，我作何感想呢？我不想跟他講話，更不想看到他。但有一天，我一直等到他下班回家，對他說：「家裡有孕婦，你不讓開地暖也太殘忍了吧！」他聳了一下肩膀，就像沒看到我似的，從我身旁走過打開電視，然後看著我說：

「妳把裙子改短了？」

我下意識地看了一眼裙子。期間我又長高了，所以露出了膝蓋。他不以為然地看起電視。我氣憤不已，又說了一遍：「姊姊是孕婦，你不能不讓她開地暖！」他仍一動不動地看著電視。

「姊夫，你聽不見嗎？」

姊姊攔下要走到他面前的我。

「別說了，回去吧。」

姊姊用哀求的眼神看著我。她在害怕。我看著姊姊的眼神恍然大悟到，我要幫助她的努力反而會讓她更加為難。我只好聽姊姊的話，離開了。

幾天後，姊姊請我吃了烏冬麵。我們隻字未提那天發生的事。我和姊姊小心翼翼地聊著，生怕聊到與那天的事有關的任何主題。我吃完烏冬麵，用水漱口的時候，姊姊突然開口：

「妳姊夫是個善良的人。」

我努力迴避姊姊的視線，說可以走了。

「教師的薪水不高，我又沒能力工作。他也是為了省錢。妳姊夫本身是很善良的。」

姊姊的語氣似乎很在意我是否相信這件事。

「妳覺得他善良，那就善良囉。」

我冷嘲熱諷地回答說。

「妳不覺得妳跟姊夫講話的語氣很衝嗎？」

「姊，那個人……」「妳怎麼能這麼叫妳姊夫！」

我一忍再忍，把到嘴邊的話都嚥了下去。我知道就算我說什麼，姊姊也都聽不進去，只會讓我們的關係變得更尷尬。

「算了，姊。我累了，先回去了。妳也回家吧。」

我從口袋裡取出兩個暖暖包塞給她，頭也不回地往家跑去。我怕再多待一會兒，最後會說出傷害她的話。那天之後，姊姊經常對我說：「妳姊夫是好人，他本性是善良的，他對我很好。」每當這時，我都會一邊強忍住快要爆炸的心一邊點頭，我不敢直視她的表情。

2

你生於溫暖晴朗的五月。你的頭髮濃密，所以很容易在新生兒室的嬰兒中找到你。你閉著眼睛一直睡覺，我趴在新生兒室的窗戶上，猜想你在做什麼夢呢？雖然沒有什麼特別的感動，我還是久久未能離開。

沒過多久，姊姊就帶你回家了。回到家後，你一直哭個不停。小小的身軀怎麼能發出如此大的哭聲呢？看著你，我不禁連連好奇。

看著你熟睡時吮動的小嘴巴，我好奇你的內心正在忙碌築造的世界。無論那是怎樣的世界，我都會珍惜守護它。是什麼樣的力量讓你一天天成長的呢？那麼小的你是怎麼抬起頭，又是怎麼翻過身的呢？你的牙齦怎麼會長出又小又半透明的乳牙呢？當你用嫩嫩的小手緊緊地抓住我的手指時，我便知道我愛上了你。

我常常會想，如果我也有孩子的話會怎樣？那種感情一定與我對你的感情不同。也許我會是一個易怒、過分挑剔的母親。我沒有信心長時間或直到死去對一個人的人生負責，更沒有勇氣面對在孩子身上發現的、我無法接受的自己的樣子。就算我再愛孩子，我們也只會變成沉重且複雜的關係。

我不需要對你負責，也沒有義務每隔兩個小時餵奶、哄你睡覺或揹起發燒的你去醫院。我只要幫姊姊準備好飯菜，幫她做家務，靜靜地看著你就可以了。所以我們的關係非常單純。我喜歡你，你也喜歡我。見面的時候很高興，分開的時候又捨不得。自從你出生以後，我才頻繁出入平時不常去的姊姊家。

一年後，我考上了大學的烹飪系，可以搭地鐵往返家與學校。我從小進出廚房，自以為很會用刀，但還是要從握刀的方法開始學起。我游刃有餘地掌握課程，還會在家練習學到的料理，然後和姑婆一起吃，也會送過去給姊姊。我週一到週四上課，其他時間則去自助餐廳打工，負責處理蔬菜和打掃衛生。我很努力工作，得到了所有同事的認可。

有別於姊姊，我的體格和體力都很好。這種先天條件在打工時起到了很大的作用。我不怕累，而且在精工細活和整理整頓方面也能做到天衣無縫。

轉眼就到了你的周歲生日。你的周歲宴在那個人的家鄉Y縣舉辦。我和姑婆搭市外巴士趕到Y縣，走進自助餐廳的包廂。包廂裡幾張圓桌，坐滿了他的親朋好友。我們跟他和他的母親打聲招呼，他們很有禮貌地做回應，不過就是幾句「謝謝妳們趕來、很高興見到妳們」等形式上的客套話而已，我卻莫名很感動。

姊姊濃妝豔抹，穿了一件奶油色的毛料洋裝。她看上去瘦了不少。毛料洋裝很厚，姊姊熱得直冒汗。一身白色禮服和褲襪的你在姊姊懷裡哭個不停。我坐在角落望著你們，感覺比任何時候都與你們距離遙遠。

周歲宴開始了。你終於安靜了，姊姊卻仍一臉不安。他的親戚和我坐在一桌，他們肆無忌憚地說：「孩子媽的表情怎麼回事？女人應該溫柔一點。她那麼瘦，看起來一點福氣也沒有。瞧她的腿多彎……」

是的，當時我也只能忍下來。抓周的時候，看到你抓起線團，姊姊才露出自然的笑容。我心想，只要你健康平安就好，這才是最重要的。

周歲宴結束後，我走到正在跟婆婆講話的姊姊面前，告訴她我們要回去了。姊姊的婆婆恭敬地回應了一聲辛苦了。我轉身剛邁出一步，那個女人就像故意要讓我聽到似地大聲說：

「妳妹妹怎麼那麼胖？」

我假裝沒聽見，走出包廂。二十一歲的我並不了解人們的惡意。姊姊的婆婆似乎針對我又說了什麼，幸虧我走得快，沒有聽清她說什麼。我內心期待姊姊會跟出來送我，出於擔心說幾句安慰我的話。但當我走到門口，回頭一看，姊姊就像什麼事也沒有似的，還在跟婆婆有說有笑。就像沒看到我。

第一學期，我取得好成績，拿到了半額獎學金。我開心地把這件事告訴姊姊，沒想到姊姊卻問我可不可以提前還錢。我把期間存的錢和助學貸款加在一起給了姊姊。當初姊姊是真心讓我不要擔心錢，等工作以後再還。面對看我眼色，讓我還錢的姊姊，我立刻意識到她在金錢上遇到了困難。

沒過多久，我去了姊姊家。那個人明明說要出門釣魚，但我去的時候，他還在家。他坐在客廳的沙發上，盯著沒有打開的電視。我打了聲招呼，他也沒看我一眼。我以為你和姊姊在臥房，開門一看，你們都不在。他見我遲疑地站在原地，叫了我一聲。我走過去，他從口袋裡掏出什麼東西，攤在掌心。是一捲用橡皮筋捆住的萬元紙鈔。我一頭霧水地看著他。

「這是什麼錢？」

我搖了搖頭。我連他在問什麼都不知道。

「這是在妳姊姊的抽屜裡找到的……」

說完，他看著我笑了一下。那是只動一下嘴角的笑。我這才意識到他是在審問我，還有那是我還給姊姊的一部分錢。我想知道的是，他知道這件事嗎？姊姊也知道發生了什麼事嗎？如果姊姊知道的話，又是怎麼解釋這筆錢的呢？當下的我一無所知，回答了我不知道，不知道那是什麼錢。

「不知道？妳姊可不是這麼說的。」

他收起笑容。

「我姊說什麼了？」

還沒等我說完，他就把那捆錢扔過來，險些打在我的臉上。那一瞬間，我也下意識地笑了出來。

我又往前邁了一步，近距離地俯視他那張臉。緊貼頭皮的稀疏髮絲、凹陷的額頭、凸起的眉骨和眉骨上寥落的眉毛、疲累的眼睛、尖尖的鼻子、淡灰色的嘴唇和短下巴。我就像他第一次來我們家，打量我們全家人一樣，皮笑肉不笑地從頭到腳掃視他。

「你有話好好講，總得能讓人聽懂吧。」

我的聲音低沉嘶啞，聽起來就像別人發出的聲音。他感到無語，失聲大笑起來，但我可以看出他的驚慌失措。一直以來，我都在躲避他，儘量不見他、不招惹他。他也知道姊姊是我的弱點，不過他不知道的是，我從來都不畏懼他。

他從沙發上站起來，撿起錢，說沒事了，我可以走了。

那天之後，有很長一段時間姊姊都沒聯繫我。我打給姊姊，但她的手機號碼註銷了。

我很擔心她，馬上打到家裡，姊姊接起電話，說她是家庭主婦，不需要手機，正好可以節省生活費，所以就註銷了。我們就像什麼事也沒發生，隨便聊了幾句。我沒提那個人審問我、用錢打我和我第一次頂撞他的事，因為我不想讓姊姊擔心，就像她怕我擔心，不肯對我講實話一樣。然而，這並不是我們無法誠實面對彼此的全部理由。

對發生的事不以為然，視而不見。

這就是我們長期以來面對難以承受的狀況時所養成的習慣，也是我們承認無法給予彼此力量的一種方式。我們都在欺騙自己，一切安好，沒有問題，不要自找麻煩搞大事情。

在我們努力互相隱瞞這些事情的時候，你也在一天天長大。兩歲的你開始學大人講話，用語言表達自己的想法。我去你家的時候，你會一邊興奮地尖叫，一邊張開雙臂跑來抱住我的腿。我坐在地上張開手臂，你就會猛地撲進我的懷裡。你坐在我的膝蓋上，仰頭看著我，用你的小手撫摸我的臉頰。別提你的精力有多旺盛了，你一刻也安靜不下來，總是大喊大叫，跑來跑去。你玩玩具的時候，也會不停地回頭確認我是否在看著你，就像在擔心我消失、會馬上忘記你。

我說過多少次我愛你？我喊著你的名字，說我愛你，你也會回覆同樣的話。我們就像傳皮球一樣，說著我愛你。

「妳愛我嗎？」

「當然，我當然愛你。」

「到什麼時候？」

你一臉好奇地追問道。看著你，我知道了在你的世界裡，昨天、今天和明天是有區別的，年幼的你也自然而然地察覺到了人類的情感是會變化的，所有的一切都會改變、消失、離你遠去。

「永遠。」

「永遠？」

「嗯，永遠。即便我變成奶奶、曾祖母也會愛你的。」

因為無法解釋什麼是永遠，所以我這樣回答道。你還不知道什麼是死亡，所以我無法解釋永遠與死亡無關，永遠可以超越時間的限制。即便如此，你還是盯著我的雙眼，露出理解的表情。那天之後，這成了我們每次見面時，打招呼的另一種方式。我愛你！

到什麼時候？

永遠，永遠。

你喜歡重複愛與永遠這兩個詞，就像把含在嘴裡的糖果融化吃下去一樣。你清楚地知道這句話的意思，我也知道你徹底理解了。當我對你說，我永遠愛你時，我好像也更清楚自己在說什麼。無論你變成什麼樣的人，日後會怎麼對待我，做出怎樣的選擇，我都會一直愛你。

那時候，姊姊依舊努力地想向我證明他是一個好人。若我沒有任何反應，她就會對我說：

「妳姊夫，至少對孩子很好。他是一個好爸爸。」

姊姊詳細地講述了他對你做過什麼、說了什麼。直到我做出肯定的反應為止，姊姊始終都想說服我相信他是一個好爸爸。我也想被說服，也想相信他對你而言是一個好人，以及姊姊的人生並非我所感受到的那麼艱辛。因為這樣想很簡單。

「姊，我知道了。」我邊說邊流露出相信她的表情。

3

大學最後一個學期，我在大飯店的餐廳實習。去餐廳需要換乘。那天下午實習，在公車站等車時，我注意到馬路對面站著一個身穿制服的小女孩，她又瘦又矮，看上去就像國中生，卻穿著高中制服。是那個人學校的制服，我一眼就認出來了。個子矮的孩子會長高，因此會訂大一碼的制服。那個孩子穿著寬鬆的制服，揹著大書包，站在路邊注視著過往的車輛。

就在這時，一輛黑色的轎車停在女孩的面前，女孩左顧右盼，上了副駕駛座。那是我熟悉的車牌號碼。越過車窗，我看到了他的臉。只是一瞬間，我看到他撫摸那個女孩的臉頰。我愣愣地站在路邊，搭車去了餐廳。我心想也許是自己看錯了，姊姊不是說他最近都要看學生上晚自習嗎？我無視內心發出的警告，努力把精力放在工作上。平日下午五點、公車站、瘦小的孩子、黑色轎車和那個人。那天之後，我又親眼目睹了很多次。過了幾個星期，我走到馬路對面，坐在公車站等他。那輛黑色轎車從遠處駛來，女孩向他招手的時候，我緩緩走過去。車子停下，當女孩要開副駕駛座車門的時候，我為了阻止她上車，一手抓住她的手臂，一手抓住車門，看向坐在車裡的他。他一臉驚慌，嚇得愣住了。

「姊夫，你在這裡幹嘛？」

我邊說邊轉頭看向女孩。女孩的脖子和臉紅紅的，我緊緊抓著她的手臂，她沒有反抗。我又看向他，他依然一臉驚慌，卻假裝若無其事地開口：

「我要跟我們班的學生談點事。」

還沒等他說完，後面的小巴按起了喇叭。沒辦法，我只好關上車門。我剛將車門關上，他就開車溜了。路邊只剩下我和被我緊抓著手臂的女孩。車子從視野消失後，我這才緩過神發現抓著女孩的手太過用力了。看到女孩緊咬嘴唇，我心想她一定很痛，趕快鬆開手。我看著她，身高大概一百五十公分，瘦小的她穿著寬鬆的制服，看上去就像把衣服套在衣架上一樣。

「很痛嗎？」

孩子點了點頭。深藍色的制服上黃線繡著她的名字。已經十月底了，她也沒穿絲襪。我們面對面站著，沉默良久。我看到她的表情從一臉困惑漸漸變成恐懼，縮著肩膀，渾身瑟瑟發抖。

我提議去吃碗熱湯飯。我們並肩走了半天，找到一間豆芽湯店。我們坐在熱呼呼的地板上，點了兩碗湯飯和馬鈴薯煎餅，等待著寒氣退去。

「姐姐……」

孩子小心翼翼地叫了我一聲。

「妳不會告訴學校吧？」

孩子沒有狡辯，也沒有說謊，她似乎知道說什麼都無濟於事。她見我毫無反應，接著說道：

「這件事不能讓我爸媽知道。」

孩子的眼眶紅了。

「不許妳再跟那個人在校外見面。如果再讓我看到，我就告訴學校。」她沉默了一陣子，開口說：

「我是擔心老師。老師很脆弱，他身邊有很多困難，一個人很難撐下去……」

孩子說到這裡，默默地看著水瓶。

「沒有人像老師一樣對我這麼好。」

我感覺飯很難下嚥，只喝了幾口熱湯，我吃不出任何味道。

「既然他對妳那麼好，妳為什麼害怕我告訴學校呢？」

「因為其他人不理解。」

「不理解什麼？」

她喝了口水，靜靜地看著我。

「我不是小孩了。」

說出這句話的她仍是一張稚嫩的臉，說她是國小生也會有人相信的。就在那一瞬間，我感到頭痛欲裂，直冒冷汗，彷彿有人用磚頭砸了我一下。

「妳還是小孩，他是很糟糕的大人。等妳到我的年紀就明白了。不，妳現在也心知肚明。」

她愣愣地盯著自己的手掌，偶爾眨一下眼睛。

「妳沒有任何錯。但如果妳一直這樣對待自己的話，就是妳的錯了。妳也很清楚這一點。」我的話音還未落下，她就用雙手捂住臉，半天也沒有放下。

「老師，那老師怎麼辦？」

我從包裡取出一本小相冊遞給她。那個迷你相冊裡都是你的照片，想你的時候，我就會翻開看一看。十幾張照片裡，還有你周歲宴那天他抱著你拍的照片。女孩愣愣地看著那張照片。

「他一點也不脆弱。他很老了，他有房子也有工作，還有家人，一點也不需要妳為他擔心。雖然不知道他對妳說了什麼謊，但他比妳有一百倍、一千倍的能力。妳不要自作多情了。妳要是還跟他見面，我就只能讓學校知道這件事。」

「不能讓學校知道。」

「我手上還有你們在一起的照片。答應我，不會再跟他見面。」

孩子沉默半天，才點了點頭。她答應我，不會再做這種事，不會再私下跟他見面了。食物剩了一半，我們都沒怎麼吃東西就走了。

我把她送到社區門口，一路上毫無隱瞞地講述了自己的成長故事。我內心期待可以用真心喚醒她。我給她忠告，並不是因為比她優秀或聰明，而是可以理解她現在孤獨、寂寞和渴望他人關心的心情。任何人的小小善意和關心都會讓這個年紀的孩子敞開心扉。這是我第一次向他人訴說自己的心聲。就連姊姊，我也沒說過。也許我是把想對姊姊講的話都說給她聽。

「隨時打給我。」

我把電話號碼留給她，目送她走進社區。回家後，我把吃下的東西都吐了出來。是的，我沒有把這件事告訴學校。因為我知道，就算我告訴學校，他也不會受到處罰，最後吃虧的只會是那個孩子。而且就算我向教育廳告發這件事，也不會有任何改變。每天夜裡，我躺在床上，臉靠近冰冷的牆壁，睜著眼睛心想，我能忍受到哪裡呢？

那件事之後，我更不想見到他，也沒有信心面對姊姊，所以很長一段時間都沒再去姊姊家。偶爾姊姊打電話來，我還是會若無其事地接聽，卻再沒主動聯繫過她。姊姊一定也察覺到了什麼，你也一定發現了我們之間的變化。過了一段時間，我去姊姊家的時候，你跑來問我為什麼不常來玩。我說因為很忙，你呆呆地看著我，小表情就像已經活了很久的人似的。日後，我經常會想起你的那種表情。

你盯著我看了半天，然後坐在我的膝蓋上，要我給你讀故事書。你就像忘記了剛才發生的事，開心地呵呵直笑。你長大以後會變成什麼樣的人呢？我也會想像與三十歲的你像朋友一樣交談的自己。

我不認識長大後的你，你也不認識我。我到電影院買票、去便利商店買東西、在咖啡廳點咖啡的時候，看到站在收銀臺前與你差不多大的工讀生，就會想像也許你就在他們當中。我們在認不出彼此的情況下，你會問我：「請問刷卡嗎？請把卡插在這裡。需要袋子嗎？需要收據嗎？謝謝光臨，請慢走。」我也會回答：「嗯，是的。不需要。謝謝。」如果我遇到的人是你，就算你認不出我也沒關係，只要這樣交談就可以了。

你現在身在何處呢？長成了什麼樣子呢？做什麼工作生活呢？

大學畢業以後，我在首爾的大飯店餐廳找到了工作。我隸屬於海鮮部，每天要站十個小時處理各種海鮮。我學得很快，手腳俐落，因為很想把工作做好，在加快速度時也會不小心弄傷手。每次聽到有人說，這麼辛苦的工作，女生堅持不了多久時，我心中就會燃起爭強好勝的鬥志。下班後，我會去家附近的國小運動場跑五圈，心煩意亂的時候則跑十圈。

那時候，我不喝酒，也沒有跟大家一起消磨時間。工作、運動、在家休息就是我生活的全部。前輩們見我這樣，都說我是熊。他們的意思是，我不耍滑頭、埋頭工作，而且性格溫順。但你知道熊是什麼樣的動物嗎？有一次，我看關於熊的紀錄片才知道，原來熊是很怕人的動物。牠們會在一起玩耍，懶洋洋地打發時間，但看到人影就會立刻躲起來。

我工作的餐廳位於飯店頂樓。我經常在工作結束後，走到走廊欣賞首爾的夜景。呆呆地望著眼前的夜景，我都不敢相信自己才二十二歲。我覺得自己已經活了一百年，早就精疲力盡，然而我才活了二十二年。夜空下燈火通明，閃閃的燈火就像在低聲合唱：「妳要活下去，活下去，活下去。」我已經沒有想知道和想做的事了，我已經對一切失去了好奇心，但似乎還是有一雙手在背後推著我，叫我必須活下去。

有一天，我下班坐上公車，接到了一通電話。

「姐姐，妳怎麼可以這樣？妳說過不會告訴學校的！」

是那個女孩打來的電話。她用充滿憤怒的嘶啞嗓音質問道：

「我爸媽都被叫去學校了。我現在不能去上學了。學校要調查這件事，老師怎麼辦？妳不是答應我，不會告訴學校嗎！」

我說不是我，但她不相信。比起自己，她更擔心那個人。透過她的聲音，我知道了她沒有跟那個人斷絕關係。我早料到會有這麼一天。我反覆解釋說，我相信她不會再見那個人，我沒有告訴學校。但她開始大吼大叫，叫我不要說謊。我關掉了手機。

下車往家走的時候，我看到那個人站在巷口。我盯著他的臉，從他身邊經過，但沒走多遠就前傾倒在了地上。時間經過，我才意識到他從背後襲擊了我的頭。等我站起來，他雙手抱胸瞪著我說：

「妳是白痴嗎？」我呆呆地站在原地，眼眶溼了。不是因為他打我，這根本不算什麼大事。

「你也這麼打我姊？」

我喃喃地問道。

「妳以為告訴學校就能改變什麼嗎？如果對我有什麼不利的話，妳姊也會跟著遭殃的。我讓著妳，妳還真把自己當回事了？」

他氣喘吁吁地說。

「你也打我姊……」

他沒回答，轉身走了。我已經長大成人，到了不再需要監護人的年紀，但這並不表示我不需要保護。他知道沒有人保護我，所以敢動手打我。我知道，就算我把這件事告訴爸爸，爸爸也只會讓我忍耐。告訴姊姊，姊姊會追問他動手的原因，最後正當化他不得不動手的理由。想到這裡，我突然意識到自己再也不相信姊姊了。

這件事只在學校內部展開調查，而他沒有受到任何處罰，最後得出的結論就只是學生糾纏老師而已。因為這件事，那個孩子被退學。偶爾還會有她抱怨的訊息傳來，我都沒有回覆。她應該會恨我很久。畢竟比起面對殘忍的現實，欺騙自己才是最簡單、最有效的方法。

幾天後，姊姊來家裡找我，坐在餐桌燈光下的她顯得坐立不安。雖然是白天，但因為下雨，外面灰濛濛的。細雨無聲地下著，涼絲絲的風從敞開的窗戶吹進來。

「可以關掉電風扇嗎？」

姊姊抱著雙臂，蜷縮著身體。我關掉電風扇，走進房間，取來一件開衫披在她肩膀上。我沖了一杯姊姊喜歡的即溶咖啡，她雙手捧著馬克杯，就只是安靜地盯著杯子。她似乎有話想對我說，卻又不知如何開口。

「妳為什麼做那種事？」

姊姊的視線固定在杯子上，低聲問道。

「什麼事？」

我背靠洗碗槽站在原地，看著姊姊。

「我知道妳心裡是怎麼想妳姊夫的……但也沒有必要陷害他吧？」

「妳說什麼呢？」

我故作淡然，聲音卻在顫抖，我沒想到那個人會把接受學校調查的事告訴姊姊。

「妳誤會他了。妳姊夫因為這件事也很痛苦。雖然最後還他清白了，但別人還是會在背後說三道四……教師的圈子這麼小，聲望很重要的。」

姊姊的視線依然沒有離開杯子。

「我不知道妳在說什麼。我看誤會的人是他吧。」

我拿起晾乾的餐具放進櫥櫃。

「我真不明白妳為什麼要這麼對我們。」

餐具整理到一半，我轉身看向姊姊。

「妳竟然不相信我。」

姊姊看了我一眼，移開了視線。她全身似乎都在說：是的，我不相信妳。我的內心起了衝突，蠢蠢欲動想要傷害姊姊的我與害怕因此失去姊姊的我爭執不下。

「是那個孩子有問題，妳姊夫只是想跟她好好談一談。聽說去年，妳看到他們在一起，產生誤會，告訴學校了。」

「我是看到他和學生在一起，但我沒有告訴學校。」

若我點到為止會怎樣呢？但我沒有忍住，接著說道：「那個孩子沒有問題，她就是一個普通的孩子。」

「不是，就因為她有問題，才會被學校退學，妳姊夫也受夠她了。」

我假裝整理餐具，開口說：

「嗯，妳愛怎麼想就怎麼想好了。」

「妳什麼意思，什麼叫我愛怎麼想就怎麼想？」

「我不明白妳為什麼要跑來說服我，我跟這件事毫無關聯。妳覺得姊夫沒事，那就那樣想好了。妳自己心裡過不去，不要跑來找我發洩。我沒有這個義務。」

「這件事跟妳有關，我才……是妳誤會他……」

「別說了。我什麼事也沒做。」

我把姊姊一個人留在廚房，轉身走進房間。我和姊姊不常吵架，因為察覺到不對勁的時候，其中一個人就會先走開。這就是我們相處的方法。我站在窗邊，看著飄落的細雨。那是若不仔細看，便看不到的雨。片刻過後，開門聲傳來。

「長話短說。妳姊夫希望妳能跟他道歉，承認自己的錯誤。週末來我家一趟。」我轉身看向姊姊，彷彿一股電流貫穿了全身。

「我沒有告訴學校。就算我告訴學校，也不可能改變什麼，我幹嘛自討沒趣啊！」

「不可能改變什麼？妳這話是什麼意思？」

「姊！」

我看著她，過了半天才接著說：

「妳不是也做過那種事嗎！」

姊姊緩緩地眨了眨眼，坐在椅子上，垂下了頭。我靜靜地看著姊姊的耳朵、脖子和臉頰緩緩變紅。我感受到姊姊羞恥的同時，也產生了刺激到她的滿足感。我踐踏著姊姊崩潰的心，繼續說道：

「我不是說妳做錯了。我的意思是，那個人毀了妳的人生。可妳為什麼要我道歉呢？」

姊姊抬起頭，像看陌生人一樣看著我，彷彿以為面前的人是我，結果發現站在面前的是陌生人。

姊姊脫下開衫，拿起包包走了。

姊姊從小就很希望我把她當作大人。為了保護年幼的我，她扮演著大人的角色。姊姊這樣做是因為她的責任心很強，但另一方面也是為了證明她自己是一名堅強、獨立的人。

這就是姊姊相信的自己的樣子，也是她活下去的力量。然而在那天，我徹底否定了姊姊的信念，把她的人生視為已經被人毀掉的人生。我堅信自己過得比姊姊好，甚至試圖教育她，判定她的人生失敗了。

這就是我對從小照顧我的姊姊的報答。

4

那件事之後，我和姊姊很長一段時間沒有聯絡彼此。大概過了一個多月，姊姊才打電話來。她就像什麼事也沒發生過似的，說你很想我，叫我過去，還說那個人去釣魚了。接到姊姊的電話，我鬆了一口氣。我做了姊姊愛吃的炒螺絲椒和涼拌茄子，帶著去了姊姊家。

家裡沒有你，那個人卻坐在餐桌椅上。他把我從頭到腳打量了一遍，又做了個手勢，叫我過去。這是我在巷弄挨打後，第一次見他。姊姊走到他旁邊坐下，然後示意我坐在他們對面。我照做了。他面前擺著一捆萬元紙鈔和一本打開的像是家計簿的本子。

「妳姊給了妳多少錢？」

他問我。我看了姊姊一眼。姊姊的表情彷彿在說，事情瞞不住了，妳就實話實說吧。我如實說了姊姊借了多少錢給我和我已經還清了那筆錢。

「妳們倆有不少祕密是吧？」

他說著，邊用食指推了一下姊姊的頭。姊姊不忍看我，低著頭一直盯著桌面。

「妳說一分錢沒存，結果姊妹倆一起合夥騙我，是不是？」

他又用食指推了一下姊姊的頭。這次姊姊被推得往旁邊晃了一下。因為是瞬間發生的事，我毫無實感，就只是愣愣地看著。他見我沒有反應，又伸手打了一下姊姊的頭。我只記得姊姊倒在地上的樣子。

待我回過神來，已經站在他身後，一隻手臂勒住他的脖子，另一隻手抓著他的手腕了。他疼得大喊大叫。聽到他的叫喊聲，我更想用力，恨不得讓他暈厥過去。我更加用力地掰了一下他的手腕，他也用力做出掙扎。他比我矮小、瘦弱，比力氣贏不過我，但制伏他的確費了很大的力氣。儘管如此，他仍舊不是我的對手。去死吧、去死吧、你給我去死吧。單純的憤怒貫穿我的全身，爆發了出來。姊姊用雙臂抱住我的腰，試圖阻止我。即使聽到她說：「求求妳，快住手吧。為了我，快鬆手吧。」我還是沒有停下來。當下的我不再是我，我的內心充斥著想要用物理手段摧毀他的飢渴和讓他痛不欲生的欲望。那時，我才知道自己內心壓抑的情緒是什麼，以及我迫切地希望將這種情緒付諸實踐。我也有純粹的欲望：弄斷他的骨頭，撕裂他的神經組織，讓他生不如死。

他開始向我求饒：「我錯了。救命啊。太痛了。」不知道這樣僵持了多久。當我覺得可以了的時候，才鬆開手。我剛鬆開手，他就起身朝站在冰箱前的姊姊走去，接著用沒有受傷的手朝姊姊的頭打了下去。

那一瞬間在我眼裡成了最緩慢的慢動作。他走路搖搖晃晃、動作也很緩慢，躲閃並不是一件難事。更何況，我也在場。但即使是這樣，姊姊依然像放棄了似的，沒有躲閃，直直站在那裡。比起他對姊姊施暴的事實，更讓我大受打擊的是，姊姊認為只有這樣才能解決問題的態度。他對姊姊大打出手，然後得意洋洋地看著我，彷彿在嘲笑我永遠也贏不了他。

「妳現在痛快了？看到我這樣，高興了？」

姊姊低聲對我說。她的語氣就像因為我刺激了他，所以害她挨打一樣。

「妳知道自己做了什麼嗎？還不趕快跟姊夫道歉。」

「真是沒教養。」

他說著，又舉起手要打姊姊。那一瞬間，姊姊卻向我投來了不要多管閒事的眼神。

如果是你的話，你會怎麼做？如果你是我的話，那一瞬間會怎麼做？對我而言，那時的選擇會造成怎樣的結果一點也不重要。如果時間倒流，回到那時候，我也會做出同樣的選擇。

我被關進拘留所受審。檢方考慮到他的傷勢，主張不是雙方，而是單方施暴。律師承認了我的所有嫌疑，但也堅持必須考慮到他在我面前打姊姊的事實。

再次見到姊姊是在法庭上。梳著短髮、素顏的姊姊坐在證人席上，她沒看我一眼。法官開始問話，姊姊看著法官回答說：

「沒有，那天丈夫沒有打我。」

「是的，他從未對我動過手。」

「我丈夫是一個很老實、很親切的人。」

「妹妹討厭他……莫名憎惡我的丈夫。」

「我結婚後，家裡只剩下她一個人，所以她心懷怨恨。」

「她有暴力傾向，我也對她束手無策。」

我再也無法直視姊姊了。好吧，姊姊，妳說什麼就是什麼。我放棄了。

「事發當日，受害者沒有對證人施暴，這是事實嗎？」

面對法官的提問，坐在我身邊的律師一臉為難的表情。

「是的。我說謊了。姊夫……沒有打姊姊。」

我淡然地回答。

我是初犯，但因為犯罪性質惡劣，加上受害者傷勢嚴重，因此被定罪判刑。審判結束後，律師問我為什麼在法庭上說謊，她相信我說的那個人動手打了姊姊。律師還說很多被告女性非但不否定非事實的不利證詞，反而選擇自暴自棄，感覺我也是這樣。律師對我說，希望這是我最後一次用這種方式懲罰自己，要知道這樣做最對不起的人是自己。我始終無法忘記做出判決後，在法庭上含淚對我說出這些話的、看上去跟媽媽年紀相似的律師的表情。

服刑期間，我在筆記本上寫下的文字分為兩種：留下的和撕掉的。實在無法忍受和控制自己的時候，我就會如實寫下自己的心情，然後撕下來丟掉。從前的我認為，文字就只是文字，選擇留下怎樣的文字，要看是否希望傳遞出那份心意，而且這與是否能傳遞出去和對方是否會看沒有關係。

正因為這樣，我在獄中使用的紫色封面格子筆記本缺了很多頁。我看著本子殘缺的痕跡，回想當時是什麼心情，上面記錄著我的心撕裂的痕跡。

話雖如此，但這並不表示留在筆記本上的文字不是我的真心話。就像給你寫信一樣，我在筆記本上寫下自己的故事，也寫下二十二歲的我記憶裡關於你的一切。

我一直記得律師在法庭上對我說過的話。起初我還不明白「不要用這種方式懲罰自己」是什麼意思。我只是不想跟姊姊吵架，覺得承認她提供的假證才是避免衝突的方法。但律師的這句話動搖了我。我真的只是因為不想跟姊姊吵架嗎？

狹小牢房裡不適的床鋪反而讓人覺得很舒服，難以下嚥的食物也讓我感到滿足。雖然關在一起的人對我很粗魯，我還是可以靜靜地觀察自己接受她們的心。淪落為受世人唾棄的罪犯進了監獄，反而讓我覺得更輕鬆。難道這是我應該付出的代價嗎？律師的話沒錯。我比起自己犯下的錯，想得到的是更大的懲罰。

服刑期間，我始終期待著姊姊會來看我，說不定在我二十四歲出獄那天，她還會來接我。但姊姊一次也沒有來過。之後很長一段時間，我都很生她的氣。

隨著時間推移，我的氣漸漸消了。我這才醒悟到，我之所以恨姊姊，是因為不想承認她拋棄我。是的，姊姊徹底拋棄了我。我還是很恨她，也因為分離而感到痛心。但現在想起姊姊時，這種情緒的比重已經非常小了。

服刑期間和出獄後重返社會，我哭著想了很多。我覺得自己從沒得到過愛。那時的我覺得愛應該是完美無瑕的，所以才會覺得自己從沒得到過愛。可真的是這樣嗎？

在整理姊姊送給我的羽絨衣時，我發現自己沒有忘記，而是一直記得省吃儉用的姊姊為了不讓我受凍，用辛苦存下的薄薪給我買厚衣的心意。我揣測著姊姊為了給我存大學學費，整日穿著不舒服的皮鞋站著工作時的心情。如果那不是愛，我就沒有資格認為自己沒得到過愛。我捫心自問，我給過姊姊愛嗎？

我覺得姊姊是一個很不起眼的人，認為她很蠢，所以被人利用，還是一個被垃圾一樣的男人擺布的膽小鬼。姊姊在我眼裡就是一個明知過得不幸，也不想逃脫的人。她總是很被動，所以讓我覺得很屈辱。難道姊姊不知道我這麼想她嗎？那時候，我覺得自己很善於隱藏想法，自以為我與什麼事都會被人看穿的姊姊不同。然而，事實恰恰相反。我在自己的心中是法官，把判斷他人當成職業，總是把姊姊放在心中的被告席上。我在不知道自己被拋棄的情況下，居高臨下質問姊姊的罪名，還擅自把她從我的心裡趕走。

那時候，我覺得自己是正確的，姊姊是錯誤的；我是對的，姊姊是不對的；我知道的，姊姊都不知道；我能做到的，姊姊都做不到；我是勇敢的，姊姊只會退縮；我是獨立的，姊姊只會依賴別人；我理直氣壯，姊姊卻卑躬屈膝；我總是為別人著想，姊姊卻自私自利；我守護姊姊，姊姊卻拋棄了我。我堅信自己的想法，認為沒有再思考的必要了。然而隨著時間流逝，我不禁覺得自己堅信的沒有一點接近事實。

有時我會好奇，在你眼中媽媽是怎樣的一個人呢？就像你不知道我所知道的姊姊一樣，我也肯定不知道你所知道的媽媽吧。不過一定會有我們都知道的。例如，她集中精力做什麼的時候，眉頭緊鎖的表情、低沉的笑聲、快速的步伐、睡前伸懶腰的樣子、熟睡時安靜的臉龐、要講重要的事情以前，先「嗯……」一聲，停頓一下才開口講話的習慣、吃酸東西時皺眉的表情、欲言又止的樣子、習慣把手揹在身後……

此時的姊姊以怎樣的心情在生活呢？我無從得知。

5

出獄後過了八年，我才在姑婆的葬禮上見到了姊姊。姊姊穿著端莊的黑褲子，點了一根香，對著遺照磕頭，然後走到喪主的位置前，跟我打了聲招呼。

我以為姊姊馬上就會離開，但她在飯桌前坐了下來。我站在遠處望著她，四目相對後，我朝她緩緩走去，坐在對面。我呆呆地看著她把米飯泡在辣牛肉湯裡，邊吃邊喝了幾口水。姊姊準備起身時，我才叫了她一聲。姊姊欲言又止，離開了座位。我趕快跟在她身後追上去。

「姊！」

走到殯儀館門口的姊姊轉頭看向我。從前我能一眼看穿姊姊的心意，但現在面對用手背抹眼淚的她，我卻什麼也看不出來了。

姊姊一動不動地站在那裡，看著我搖了搖頭。我可以感受到她不想我靠近，所以我沒有再追上去。春光照耀下的停車場，我望著姊姊遠走的背影。那是我最後一次見到姊姊。

你學會講話以後，變成了提問大王。你就像把物質分解成原子的科學家一樣，不停地問為什麼。大人催你趕快吃飯，你會問為什麼要吃飯？告訴你，吃飯才能長高，你又追問為什麼？

在你眼中沒有理所當然的事。天空下雨、夏天出汗、怕人的流浪貓躲到汽車下面，這些事情在你眼中都畫上了問號。你不停地問為什麼。我努力回答你的問題，最後仍被問到啞口無言。每當這時，我都會回答說：「我也想知道為什麼。」聽到這樣的回答，你就會微微一笑。

我時常在心裡與你展開對話：我說，我們未來不能再見面時，你會問為什麼？我會回答說，因為我對你的父親施暴，所以你的家人跟我斷絕了關係。如果你追問為什麼的話，我會回答說，因為我不忍看到你的父親欺負我的姊姊，我很想警告他。如果你繼續追問下去的話，我會解釋說，我希望可以保護我深愛的姊姊。我想讓你的父親知道，我的姊姊是最珍貴的人，不是他可以隨便對待的人。你要是問我為什麼，我就會回答說，有時愛會讓人無法忍受，無法無視深愛的人所遭受的痛苦。若你露出費解的表情，我應該會對你說：

我也想知道為什麼。

所以……我們無法再見面，是因為妳不知道的理由囉？我點點頭說，嗯。沒錯，你說得對。不知不覺間，你和我看著彼此，露出了笑容。

從我住過的牢房窗戶可以看到運動場。到了規定的時間，囚犯們就會以順時針的方向在運動場散步。我站在鐵窗前，望著運動場許久。望著偶爾走來走去的獄警、運動場四周高不可攀的水泥牆，灑落在空無一人的運動場的陽光、雲朵的影子和飄落的雨滴。

二十三歲生日那天，我比平時醒得更早。我睜開眼睛，看到窗外雪花紛飛。我起床走到窗邊，雪花從尚未破曉的天空飄然落下，藉助燈光，雪花一閃一閃地落在地面。在我眼中，燈光下閃耀的雪花就像通往天空的道路，怪不得我覺得自己永遠也抵達不了覆蓋著耀眼雪花的地方。那一瞬間，我接受了無法再見到你的事實，接受了我永遠於你而言就只是一個陌生人的現實。眼淚奪眶而出，我儘量不讓自己哭出聲來。我知道，我正快速地從你的世界消失，但……就算是這樣……

我也會永遠愛你。哪怕你不再記得我。

我以最後會撕掉這封信的心態提筆，寫完最後一句話，我就會把這封信撕碎丟掉。

我看著你，也看到了自己和姊姊。因為你是姊姊的孩子，是我即使無法徹底表露，但仍在內心深處深愛的姊姊的孩子，所以我會永遠愛你。我希望你健康平安，得到你應有的幸福。雖然痛心，但就算我們認不出彼此，只能擦肩而過，我也會感激與你共度和未能共度的所有時光。

今天是五月裡最溫暖晴朗的日子，也是你的生日。祝二十三歲的你，生日快樂。

你的阿姨

播種

我們一起種了一個小菜園。

素利的作文以這句話開篇。

她知道素利在學校舉辦的作文比賽上獲獎了。她很好奇素利寫了什麼，但孩子堅持不給她看。素利說，哪有孩子願意給媽媽看自己的日記，所以她只好做出讓步，不再提這件事。但讓她略感驚訝的是，女兒竟然把自稱日記的私密文章刊登在校刊上。無論是文字創作，還是接受訪問，她都不會提及最私人的部分。

兩個星期前，素利提出想退學。她問為什麼，素利猶豫了一下，只說句「算了」便走開。之後素利沒再提過這件事，她也就沒再追問過。雖然她不想深思這件事，但每次想到女兒想退學時，心情就會很沉重。就在她感到十分混亂的時候，素利的班導打電話來。她找出最端莊的深藍色套裝，化好淡妝，去了學校。

老師表示素利是一個很穩重的孩子，不會輕易說出想退學的話。老師還補充，她從高一就一直在留意素利了。她小心翼翼地問老師，是否知道素利想退學的原因。她明知道老師不可能知道所有的事，卻還是擔心孩子是不是在學校遇到了什麼受傷的事。她感到自愧的是，她和女兒並不親近。她很擔心老師責備她身為母親，卻從未跟孩子交流過這件事。

「素利說，想休息一下。」

老師低聲說：

「她說太累了，覺得自己就像二十四小時運作的電腦，很想關機休息一下。」

老師稱讚素利凡事都很認真，從不馬馬虎虎。她點了點頭。素利從小就是這樣的孩子。

「素利在家怎麼樣？」

她在思考應該如何回答的時候，兩個人之間出現了尷尬的沉默。老師見沉默的時間拉長，於是轉移話題：

「素利還沒做出決定，但我覺得還是應該告訴您孩子萌生了這樣的想法。」

「是。」

關於我的女兒，妳知道什麼，憑什麼給我忠告？她並沒有產生這種反感情緒。正如老師所言，她並不了解女兒的心思。素利成績好，跟同學們關係也很好。當然，這都是素利自己說的，她也只是選擇了全然相信。

談話結束後，她站起身，老師說道：

「您寫的電視劇很好看。素利經常稱讚您，還推薦大家一定要看您這次的作品。」

「素利嗎？」

「嗯。素利寫過關於您的作文，不知道您是否看過？上次校刊徵稿的時候寫的。」

「孩子不讓我看……」

「這裡有一本，送給您。」

老師從書櫃裡取出校刊遞給她。「素利是一個很成熟、懂事的孩子。」這句話明明是稱讚，她卻不怎麼開心。跟老師道別後，她坐在車裡讀起素利的作文。

素利寫了關於當年種菜園的事，記錄了她跟媽媽、舅舅三個人在菜園幹活、聊天和吃加餐的點點滴滴。那是充滿溫暖和幸福的回憶。素利還平淡地描寫了舅舅的死，以及之後再也沒去過菜園的事。

舅舅去世時還是小六的素利，如今已經變成了高二的學生。對素利而言，過去的五年只是漫長人生中的一小段。五年前的自己感覺就像另一個人，當年發生的事就像做了一場夢。然而素利沒有忘記小時候和舅舅一起種菜園的事情，還用自己的語言復原了那些小小的瞬間。

不知從何時起，素利再也不提舅舅了。她知道女兒不想她傷心，因此很欣慰素利裝出不以為然的沉默。她不想總是回顧過去，也不想在悲傷和痛苦中浪費現在的時間。素利還小，很快就會忘記的。不要刺激孩子，很快就會過去的。她覺得自己的這些咒語多少起了效果。面對沒有徹底崩潰、不再因動搖的情緒而搞砸事情的自己，她多少鬆了一口氣，而且她相信，這種態度也是哥哥希望看到的。哥哥肯定最不希望看到她想起自己時，難過、痛苦的樣子。

閔赫比她大十五歲。從她八歲那年起，閔赫就代替過世的母親，扮演起家長的角色。閔赫每天早起煮飯、準備便當、檢查她的功課，笑著聆聽她唧唧喳喳地講述學校發生的事。正因為這樣，她每次想起哥哥時，腦海中最先浮現的都是他的笑臉。微笑時，嘴角和眼角淺淺的皺紋，與他大笑的聲音。無論在外面經歷了什麼事，她回到家都會告訴哥哥。無需哥哥說什麼，只要看到他的笑臉，她便覺得安心了。

舅舅很疼我，所以經常看著我笑。

她的視線一直停留在素利寫的這句話上。她回想了一下，最後一次看到哥哥笑是什麼時候，卻怎麼也想不起來了。哥哥走後，她一直無法忘懷哥哥最後的樣子。寸頭的哥哥從部隊出來休假時的樣子、和媽媽一起在空地上打羽球的樣子、教自己功課的樣子、在韓紙店工作的樣子、種菜園的樣子、站在鏡子前確認白頭髮的樣子，還有陪素利玩耍時的樣子，都被他最後消瘦、痛苦的樣子遮擋住了。她不忍去看手機裡的照片，她不想看。

但素利記憶中的他卻是不同的樣子。素利筆下的他會用鐵鍬熟練地挖壟溝，拿著鋤頭鋤草，收穫又大又圓、香氣十足的番茄。他從不阻止素利玩泥巴，還教素利用弄髒的小手種馬鈴薯。聽到素利說：「舅舅，我也要澆水」時，他便會把噴頭交給素利，然後握著她的小手，就像她在澆水一樣。他還會準備三明治、加了冰塊的麵茶和飯糰跟素利一起吃。

「閔周啊，過來幫幫我。」

閔赫說需要幫忙，所以她帶著素利趕到菜園。那時候，剛與丈夫離婚的她帶著五歲的素利住在哥哥家。她說只是暫住一段時間，哥哥卻說住多久都沒有關係。就像小時候一樣，哥哥採買、煮飯、做幾樣小菜和熬湯給她和素利吃。他沒問妹妹為什麼跟丈夫離婚，也沒問日後有何打算，他只說需要她幫忙。

跟隨閔赫走十五分鐘左右才能到達菜園。菜園的面積不大，但光照很好，而且可以看出主人的用心。閔赫說這都是好不容易才種出來的作物，像介紹朋友一樣向她和素利進行說明。

「這是三冬蔥，最冷的時候種的，幾乎都活下來了。」

「這是大蒜，能熬過冬天。」

素利三心二意地掃了一遍綠色的蔬菜，然後轉移視線看向黃色的花朵。

「那是水仙花。素利來的時候種的。」

那天，他們種了皺巴巴的豌豆和馬鈴薯。自那之後，平日傍晚和週末去菜園便成了他們的日常生活。閔赫利用收穫的作物做了各種料理，只要是素利想吃的，無論是茄子、生菜、南瓜還是番茄，他都會挑沒有瑕疵又最新鮮的。

素利寫道，感到身心倦怠的時候，就會想起那段時光。和舅舅在小菜園播種、收穫果實的樂趣，交談的內容，泥土和青草的氣味……但這些記憶隨著時間經過而逐漸淡去，現在連舅舅的聲音都想不起來了。素利努力回想舅舅的聲音，卻怎麼也想不起來，她感到十分難過。素利還寫道，她很焦急，心想必須在記憶變得更模糊以前記錄下這些回憶。

舅舅走後，素利提過幾次想重新種菜園，可她每次都說沒時間。她想把那塊地賣掉，想歸想，始終也沒賣。就算是這樣，她也沒有想過種菜園。不知從何時起，素利再也不提菜園了，也不會拿著舅舅的田園日記和裝有種子的小袋子在她面前晃來晃去了。素利在作文中也沒提想回菜園的事。

素利就是這樣的孩子，她不會說自己想要什麼，也從不執著於任何事物。帶三歲的素利去超市，讓她選一個自己想吃的零食時，她只會選口香糖。那時二十幾歲的她覺得這樣的女兒很懂事。她帶著女兒住在哥哥家，向哥哥誇耀女兒從不像別人家的小孩纏著家長要東西時，哥哥卻一臉驚訝，什麼也沒說。自那以後，他會問素利：「妳想吃什麼？想做什麼？」素利回答隨便什麼都可以，他就會重新問：「妳最想吃什麼？素利啊，隨便什麼都可以，可不是回答喔。」她還記得素利問什麼時候回家時，哥哥看著素利的表情。他努力掩飾自己的心情，表情卻比任何時候都陰沉。

她從小就很喜歡逗哥哥笑。她喜歡哥哥天真無邪的笑容，更重要的是，她下意識地知道哥哥是一個悲傷的人。她希望笑話可以減輕哥哥的悲傷，而這種茫然的想法得到了時間的證明。哥哥是一個邊緣人，難以適應這個世界。在經營韓紙店以前，他經常換工作，而且無法融入人們的聚會。

大家常說，他們兄妹倆的性格完全不同。但他們知道，他們的天性相同，她知道哥哥也可以一眼看出她的悲傷。

那天他們哄睡素利，很晚才吃晚飯。她勉強說了句玩笑話，可是哥哥臉上的笑容消失了。她突然感到很害怕。

「有什麼事嗎？」

她問道。

「沒有……」

「那你幹嘛板著臉？」

「我……我是覺得妳搬過來以後，一直都沒好好休息。」

閔赫觀察妹妹的表情說道。她還記得當時哥哥說出這句話時，自己瞬間心如刀絞。她臉上的笑容也消失了。他們默默地吃飯，半晌沒有講話。稍後，她開了口。

「哥。」

「嗯。」

「我……我有那麼卑鄙嗎？」

「什麼意思？」

「結婚啊。」

閔赫緊皺眉頭看著她。

「吃飯。」

「……原來你也這麼想。」

「我知道妳也很辛苦。」

「……」

「我怎麼會覺得妳卑鄙呢？」

他一臉嚴肅地注視著她。

「你一定很失望吧。」

他搖了搖頭。

「閔周，妳現在還活著。」

他直視妹妹的雙眼，開口：「這樣就可以了。」

他對迴避視線的妹妹說：

「閔周啊，這樣就足夠了。」

從素利的學校回來後，她開始整理書房。平時只要整理書房，焦慮不安的心情就會平靜下來，這天卻沒奏效。老師轉達女兒身心俱疲的話，讓她感到十分心痛。為什麼女兒不直接告訴自己呢？整理完書櫃，她又讀了一遍素利的作文。素利的記憶力很好，她能記住發生的每一件事。透過文字，她覺得女兒在很大程度上美化了過去的記憶。但這並不表示素利歪曲了事實，只是說孩子只看到過去美好的一面。仔細回想，也許對素利而言，過去的一切真的就是這樣的。

素利很喜歡去菜園，她喜歡玩泥巴，喜歡對菜園做出貢獻的感覺。她早就忘了素利戴著大帽簷的帽子、眉頭緊鎖、聚精會神的表情，忘了每當作物生長、開花結果時，素利發出的感嘆。儘管如此，每次看到素利小腿上白色的傷疤，她都會想起那次在菜園發生的意外。

意外發生在素利八歲的時候。那天，閔赫地鋤到一半，突然走開了。但他把鋤頭丟在地上，偏偏鋤頭最尖的一面朝上，素利摔在了上面。孩子一聲尖叫，癱坐在地上，呆呆地看著自己的小腿。她飛奔過去，看到媽媽驚嚇的表情，素利也嚇哭了。她揹起女兒就跑，正在翻汽車後車箱的閔赫看到母女倆也嚇得面無血色。

「最近的急診室在哪裡？」

她發出低沉的哽咽聲。她出現耳鳴的狀況，視野也變窄了。

「素利啊。」

閔赫靠近她，想要確認素利的傷口。

「我問你急診室在哪裡？」

她上車坐在後面，素利血流不止。閔赫坐上駕駛座，發動引擎。她抽了幾張紙巾按住素利的傷口，一邊止血一邊說：

「有孩子在，你怎麼能亂丟鋤頭呢！」

她明知會後悔，還是說了不該說的話。

「對不起。」

「孩子要是留疤了怎麼辦？你是怎麼想的？」

聽到她這樣說舅舅，素利看向她，眼神彷彿在說不要這樣。無論是打破傷風針，還是縫合傷口，素利都只是緊閉雙眼，強忍住疼痛。處理完傷口走到停車場，她就像沒看到等在那裡的閔赫，把他當成了隱形人。無論閔赫問什麼，她不是隨便回一聲，就是默不作答。很長一段時間，她都對閔赫十分冷淡。每次提起素利的傷疤，她都會像擁有某種特權一樣出口傷人。

她知道閔赫永遠不會跟自己計較，無論她說出多麼殘忍的話，哥哥也都會忍讓。她明知不應該這樣，但還是沒有收斂。如今後悔也晚了。無論她做什麼，現在也無法挽回了。

天黑後，素利才回家。素利洗完手，喝了一瓶從冰箱裡取出的養樂多，坐在四人用餐桌前滑起了手機。每次素利有話想說的時候，都會這樣坐在餐桌前等她。

「老師人很好。」

她坐在素利的斜對面說道。素利的視線依然停在手機上。

「妳跟老師聊了很多嗎？」

素利把手機倒扣在桌面，抬頭看向她。她感受到女兒因自己而生的隱隱憤怒，不禁心中一驚。她故作從容，不想女兒看穿自己。

「老師說妳累了，想休息一下。」

素利默不作聲，目光轉向廚房的牆上。

「想休息的話，補習班就不要去了。但退學……」

「媽，不是妳想的那樣。」

素利再次看向她說道。

「那妳能告訴我為什麼嗎？」

她的話音剛落，素利笑了笑。

「不用妳擔心。」

「素利啊。」

「不是什麼大事，真的。」

素利就像大人哄孩子一樣說道。女兒什麼時候長這麼大了？她回顧一下自己錯過的時光。在母女關係中，忍耐和等待的人似乎一直都是女兒。

素利很早就懂事了。剛小學三年級，素利就知道主動幫媽媽做家務。看到洗碗槽的餐具，素利會趕快洗乾淨，看到垃圾袋滿了也會拿出去丟掉。大人不在家的時候，還會自己煮飯吃。看到這樣的素利，閔赫卻一點也不覺得驕傲。有一天，閔赫擔心地問她，素利會不會太看她的眼色了。

「素利長大了，一個人也能做得很好。」

聽到來家裡作客的阿姨這麼說，閔赫的表情沉了下來。

「素利還是個孩子。」

閔赫斬釘截鐵地說。有時素利不耐煩或不聽話的時候，他也不會斥責素利。

「哥，你這樣會寵壞她的。」

那時，她覺得哥哥袒護孩子，她訓斥孩子是一種均衡。雖然這不是一種正確的教育方式，但他們都盡了最大的努力。至少兄妹倆都在努力不要像自己的父親一樣。

父親知道身為父母脫口而出的話，對子女會造成怎樣的影響嗎？她想起小時候充斥著語言暴力的夜晚。「滾出去，死掉算了。像你這種人活在世上有什麼用，還不如死掉算了。」父親的話變成了她內心的聲音，即使四十多歲的現在也始終如影隨形。父親一直以沒有動手打過她而引以為傲，但每次看到父親毆打哥哥時，她都恨不得挨打的人是自己。因為她覺得這樣就不會那麼心痛了。

她八歲那年的冬天，哥哥把一隻流浪狗帶回家。閔赫說，外面很冷，小狗一直跟著他，無法置之不理。那是一隻骨瘦如柴、嘴角發黑的小黃狗。幼小的她一邊撫摸小狗，一邊不安地擔心父親回家後將會發生的事。深夜走進家門的父親對他們大喊：「你們要是覺得狗可憐，就滾出去跟狗一起睡。」她聽父親的話，抱著被子和小狗走到公寓的走廊，哥哥見此情景跟了出去。父親當著她的面，一巴掌落在哥哥的臉頰上，趕走了那隻小狗。

哥哥有一個習慣，每次開口講話前，都會用力眨兩下眼睛。那天哥哥摸著腫起手指印的臉頰，不停地眨著眼睛。哥哥似乎有話想說，但他只是不停地眨眼睛。她越過公寓走廊的欄杆望向公寓前的廣場，小狗已經不見蹤影了。

她從小就知道只要緊閉嘴巴，吞下唾液就可以做到不哭出聲。如果流出眼淚，就趕快用袖子擦乾。她在心裡恨哥哥把流浪狗帶回家，沒有阻止她抱著被子走出家門，忍受父親無情的巴掌，以及給了流浪狗短暫的希望。她用這種方式莫名地恨了哥哥一輩子，可她有時也會感到羞愧。

若至今為止的人生只是預演遊戲，那麼在遊戲正式開始以後，在重返哥哥帶流浪狗回家的那一天，即使父親拳打腳踢、亂摔東西，她也願意為了哥哥反抗父親，陪哥哥一起哭泣。

這一切就只是空想而已。若來生可以向哥哥傳達感激與歉意該有多好，但她並不相信死後有來生的可能性。只有單純的事實留在她心裡——哥哥已經走了，再沒辦法報答哥哥了。一切都無法挽回，如今只留下了抹不去的後悔與歉意。

「沒有什麼是會徹底消失的。」

她突然想起了哥哥的話。

「不，死了就什麼都沒了。」

她用譴責的語氣反駁道。

「媽媽一定……」

「因為你太懦弱才會這麼想。你無法清醒地承受、理解這件事，你沒有接受的勇氣。」

「也許妳說得對，畢竟誰也不確定。」

「是嗎？我是不相信。我覺得那麼想就是在逃避現實。」事實上，她曾經很羨慕那樣想的哥哥，現在也是如此。即使心愛的人消失，即使軀體化為了灰燼，仍相信那個人以另一種方式存在的樂觀態度。無論她怎麼努力，都無法像哥哥一樣思考。對她而言，閔赫呼出最後一口氣的時候，就是與哥哥共度的最後一秒鐘。她認為不以他人創造的陳腐想像美化離別，才是送走哥哥的禮儀。

「讓我們為閔赫的靈魂祈禱，希望他在天堂也能好好地照顧閔周。」

當姑姑在葬禮上說出這句話的時候，她下意識地苦笑了一下。

「我不相信這些。再說了，你們要讓哥哥照顧我到什麼時候？」

她哭著心想：哥，雖然我不相信，但如果……真的有靈魂的話，你不要留戀，放下一切，有多遠就走多遠吧，再也不要往這邊看一眼了。

閔赫為她付出了很多。如果沒有閔赫，她可能還過著痛苦的婚姻生活，而且早就放棄了作家夢。他相信並且支持妹妹的選擇，還說會儘量幫忙照顧素利。閔赫遵守了諾言。她在大學前輩的補習班打工時，閔赫晚上照顧素利，還苦口婆心地勸三十幾歲的她不要放棄寫作。送素利去幼稚園後，他讓妹妹埋頭寫作，不許她做任何家務事。「抓緊時間寫作，把自己放在首位。」她按照哥哥的話做了。

幾年後，她終於以首部獨幕劇的劇本出道了。閔赫擷取下寫著「作家李閔周」的開場畫面，掛在了韓紙店裡。他摘下狹窄牆壁上的掛鐘，把裝有開場畫面的相框掛在上面。雖然她嘴上責怪哥哥幹嘛掛出來，趕快拿下，但仍被哥哥的一片心意感動到淚流滿面。哥哥從不炫耀，甚至討厭向人展示，可還是為妹妹感到驕傲自豪。閔赫恨不得讓所有人知道自己的妹妹有多棒，彷彿她是一名很了不起、很特別的作家。

她的笑話裡一直包含閔赫的花甲宴。她總是很誇張地笑哥哥比自己大很多歲。閔赫從未想過自己不會迎來花甲之年。

住院後，閔赫聽醫生講解自己的狀況，他覺得自己會康復的。她從哥哥的眼中看到了求生的執念。閔赫表示如果可以的話，希望可以活得更久一點。他說只要聽醫生的話，按照醫生說的去做就可以了。

隨著治療時間的延長，白天閔赫也一直處在反覆昏睡的狀態。閔赫的身體就像火球一樣，她不停地用溼毛巾幫他擦臉。雖然閔赫從不表露，但從他的身體、表情和聲音都可以感受到他有多痛苦。飯菜送來後，閔赫就只喝幾口湯，什麼東西也吃不下。她熟悉的表情消失了。偶爾也會有狀態好轉的時候。每當這時，閔赫就會靜靜地看著她。她開玩笑的時候，閔赫也只是淡淡一笑。

「哥，我討厭你。」

她對躺在病床上的閔赫說。閔赫無聲地眨了眨眼，似乎在示意她繼續講下去。

「現在也是，我討厭你，煩死你了。」

「嗯……」

閔赫的臉上浮現出淡淡的笑容。在病情急劇惡化前，閔赫還能笑著講幾句話。

「你總是那樣……總是護著我……總是幫我……」

閔赫眨了一下眼，一行淚流了出來。

「對不起。」

她說完，把臉埋在他的床上。走廊人們的低聲細語和窗外的風聲聽得一清二楚。窗外正下著大雨。

「閔周啊。」

「嗯？」

「把妳的負擔，交給我……我都帶走。」

她靜靜地看著他。

「都給我吧。」

閔赫伸出手，讓她把心事放在他的掌心上。

她握著哥哥的手搖了搖頭。

閔赫闔上雙眼，很快地昏睡過去。紅腫的臉龐顯得白髮就像玻璃纖維一樣閃著光。她緊緊地握著哥哥的手。

那天之後，一切都變了。閔赫無法講話，淡淡的笑容也消失了。他發出令人費解的聲音，最後連聲音也消失了。

她覺得這很不合理，她相信哥哥也是這樣想的。通往死亡的路很艱辛，但是是有意義的。認為死亡不是終點的哥哥只是想多活幾天而已。哥哥一生從不執著於任何事，他只是想活下去。如果哥哥可以釋然、坦然地接受這一切，或許她對那一瞬間的記憶也會有所改變。所有治療中斷了。最後三天，閔赫一直昏迷不醒。閔赫住院後，她第一次帶素利來到醫院。因為閔赫清醒的時候，不希望素利看到他憔悴的樣子。

「不要害怕。」

她再三叮囑女兒。

素利看到躺在床上的舅舅，沒有遲疑，也沒有害怕。她跑過去，一把抱住他，哭著對他說：

「我一直在等你，舅舅，我一直都在等你。」

時間漫長得教人難以置信。時間似乎停止了。

她的視線停留在素利寫的這句話上。

這句話讓她想起了小時候等待媽媽三個月的自己。那時的她不想馬上回家，於是揹著書包到處走，最大限度地延遲回家的時間。看到社區裡嘻笑玩耍的孩子們，她知道自己已經離開了那樣的世界，下意識地明白自己再也不可能與那些孩子一起玩沙子、盪鞦韆了。

整個世界變得灰濛濛的。沒有人告訴她發生了什麼事。那時的她第一次感受到茫然。茫然的恐懼、茫然的悲傷、茫然的孤獨……她無力做任何事，時間彷彿靜止。就因為這樣，放學後她沒有回家，而是繞路一直走。她希望這樣可以讓時間流逝。

她八歲那年，閔赫二十三歲。閔赫退伍後剛復學，母親就臥床不起了，所以他不得不再次休學。她長大後才聽說，當時哥哥和阿姨輪流照顧母親。父親與某人講電話的聲音，偶爾回家沉睡的樣子……茫然漸漸變得清晰了。家裡一天天累積著悲痛的空氣，每當她呼吸的時候，悲痛就會貫穿全身喚醒她。

閔赫說她年紀太小，不能進出醫院，因為醫院裡充斥著病菌。但有一天，哥哥帶她來到走廊盡頭的病房。她始終記得在打開病房的房門前，因為緊張而心跳加速。打開房門，坐在靠窗病床上的母親映入眼簾，母親已經不再是她熟悉的樣子了。她身體僵硬地站在門口。

母親招手示意她過來。見她還是在原地不動，母親把頭轉向窗外，全身顫抖了起來。她忐忑不安地慢慢走向母親，一句話也說不出來。「閔周……閔周啊……」即使聽到母親嘶啞的聲音，她也未能叫一聲媽媽。

「閔周啊，快起來。」

她跟隨哥哥去了殯儀館。在那裡，她知道了有時大人也會像孩子一樣哭泣，以及察覺到大人在擔心自己的同時，也帶著某種好奇心觀察自己。大人看著一動不動坐著的她說：

「小孩子什麼都不懂。」

那天之後，她拎著裝鞋的袋子，繞最遠的路回家。她沒有告訴任何人自己還在等待媽媽。她想像著媽媽走進家門，對她說：「閔周啊，等很久了吧。出了一點誤會而已。」看吧，我就知道是這樣！媽媽怎麼可能從這個世上消失呢！她透過這樣的想像一直迴避著內心真實的感受。直到現在，她還在夢中等待著他們。從夢中醒來，她才發現自己還在等待著那些永遠不會回來的人。

雖然她從未表露過，但因為手機掉在家裡，遲到二十分鐘的朋友；說晚點再打電話給她，結果忘記的男友，這些人都深深地傷害了她。因為她覺得無限期的等待等同於被拋棄。她流下了眼淚。因為覺得沒有人可以理解這種心情，她只能忍下來。

過去一週，她每天都在閱讀素利的作文。每次閱讀，她都會注意到新的句子，視線久久地停留在那些句子上。

晚上十點，從數學補習班回來的素利打開玄關門走進來。她等待女兒洗完澡，換好睡衣。素利喜歡洗完澡，穿著睡衣看電視。沒過多久，素利穿著灰紅相間的格紋睡衣走到客廳。那套睡衣剛買時還很大，隨著素利成長，現在已經很合身了。素利躺在沙發上，用遙控器換著頻道。她走到沙發前，坐在地上。素利停在正在推銷東歐旅行商品的購物臺。

「退學的事，妳想清楚了嗎？」

她把視線固定在電視上，小聲問道。

「妳說什麼？什麼想清楚了嗎？」

她轉身看向素利，稍稍提高嗓音說：

「妳說想退學的事。」

「我不是說妳不用擔心嗎……」

素利起身坐在沙發上。

「妳想退學的話，就退吧。」

她說道。素利一臉驚訝地看著她。

「妳還記得嗎？舅舅不是總問妳……」

她想不以為然地說出這句話，但話一出口就哽咽了。

「素利啊，妳想做什麼？不能什麼都說隨便……」

她再也說不出話了。她咬緊嘴唇，閉上了眼睛。

「舅舅說，隨便就好，不是回答。」

素利接過她的話說道。

「嗯。」

她強忍住眼淚看向女兒。

「就算不解釋也沒有關係。」

「……」

「拜託了。」

她和素利再次來到菜園的時候，菜園已經變成了垃圾廠：用光的瓦斯罐、菸蒂、空罐頭、塑膠杯、大大小小的水杯、木筷、啃完的雞骨頭、口罩、燒酒瓶、啤酒瓶、碎玻璃、沒有輪子的腳踏車、吃完的杯麵、長靴，還有狗糞。不幸中的萬幸是，天氣還很冷，沒有長出雜草。兩個人花半天時間清理了各種垃圾。

天氣轉暖後，她們開車把肥料、石灰和硼砂拉到菜園，均勻地撒在地裡，再用鐵鍬深耕。前一天下了一場春雨，很適合工作。她們用鐵耙弄碎成塊的泥土再壓平。她查看閔赫房間裡剩餘的種子，蕪菁種子映入了眼簾。

她們選了一天起壟、作畦，參考閔赫工作時的樣子和他用文字、圖畫詳細紀錄播種過程的筆記本。一切準備就緒後，她拿出蕪菁種子。

「伸手。」

她把蕪菁種子倒在素利的手掌上。兩個人盯著小珠子般的種子看了半天。乍看之下，這些種子都是紫色的，但仔細一看，也有棕色、紅色和深紫色的。

「紀錄上說，每個洞放兩顆。」

她用棍子在地上插出一個洞後，素利把種子放進洞裡，蓋上土。母女倆一句話都沒說，彷彿稍有不慎就會搞砸事情，小心翼翼地工作著。播種完種子，素利拿起噴水器澆水。她默默地跟在素利身旁。

一切結束後，兩個人蹲在樹蔭下看著菜園。

「真的會長出蘿蔔嗎？」素利問道。她知道女兒的這句話，省略掉了「沒有舅舅」的前提。

「應該可以吧？如果我們用心照顧的話。」

「一定沒問題。」

「嗯。」

她這樣回答，然後習慣性地把目光移到素利的小腿上。

「妳長高了，傷疤變短也變淡了。」

素利用食指摸了摸小腿上的傷疤。

「妳還記得小時候的事嗎？」

她問道。

「嗯。」

「是不是很疼？」

「嗯，非常疼。那時候，舅舅……」

說到這裡，素利閉上了眼睛。

「舅舅……」

素利說不出話，轉頭看向她。素利的表情彷彿在說，妳應該知道我想說什麼吧。她點了點頭，素利摸著傷疤說：

「但我現在……希望它永遠都不會消失。」

素利說完，把頭埋進膝蓋，閉上雙眼。微風徐徐吹過，嫩綠的樹葉沙沙作響。每當樹枝搖擺時，都會灑下春日刺眼的陽光。她模仿女兒坐在地上豎起膝蓋，背靠大樹，閉上雙眼。希望它永遠都不會消失……就算不這樣想，那道痕跡也不會消失。她在心裡呢喃道。

她想像著遍地長出蘿蔔的菜園，等待著陽光、雨水、微風和小蟲子。

致阿姨

1

我是在媽媽二十三歲，阿姨四十五歲那年出生的。因為年紀相差懸殊，我們三個人在一起的時候，大家都會誤以為阿姨是我的外婆。雖說過去那個年齡當外婆的人很多，但阿姨的確看起來比同齡人更顯老。

「原來是姬真的外婆啊。」

聽到有人這樣說，阿姨也不多做解釋。有時即使別人沒問，阿姨也會自我介紹說：「我是姬真的外婆。」我問阿姨為什麼說謊，她說等我長大了，自然就會明白。我出生後不久，阿姨就和我們生活在一起。在家的時候，我會叫她阿姨，在外面就不會這樣叫。如果我們距離拉開，她找不到我，我就會大喊：「這裡！我在這裡！」我十歲那年得了重感冒，聲音沉厚沙啞，根本不是小女孩的聲音，可阿姨還是能憑藉聲音找到我。

衣櫃較大的關係，阿姨住在只能容納一個人躺著的小房間。我們家裡的衣服不多，衣櫃卻很大。阿姨的衣服在我們眼裡都很貴，她最珍惜的冬季大衣是巴寶莉的。阿姨說，與其買幾件便宜貨，還不如買一件品質好的。但媽媽不理解，覺得這種態度很虛榮。阿姨的穿著打扮也與同齡人很不同。她喜歡穿暗色系的衣服，一頭短髮，腳踩洗得很乾淨的白色運動鞋，左手腕上戴著黑色皮錶帶的四方形手錶，而且從不化妝。阿姨堅持不能給我買廉價的書包和外衣，沒少跟媽媽吵架。但因為是阿姨撫養我，加上媽媽也拗不過她，所以小時候的我受阿姨的影響，總是一身端莊、暗色系的衣服。

阿姨討厭的事可以寫滿整張紙：跳舞的人、藝人嬉笑說鬧的電視節目、挎著手臂走路的情侶、走路時唱歌、嚼口香糖吹泡泡、把狗當成孩子養的人、咧嘴大笑、凡事無所謂的態度、喝醉的人、輕浮的人……

我至今仍記得和媽媽看明星脫口秀時，阿姨冷眼看我們的表情。基本來講，阿姨排斥著大部分可以視為生活樂趣的事物。阿姨的管教十分嚴格。小時候的我很愛哭，也很敏感，但阿姨並沒有接受我這種與生俱來的性格。每次我流眼淚，她都會像發出警告一樣冷淡地說：「難道妳是想長大以後，被別人輕視，任由別人無禮對待妳嗎？想哭就躲到沒人的地方哭，關上房門哭。這世上沒有人願意看妳發洩情緒，哄妳開心。」

現在我知道了，阿姨的這種養育態度存在很大的問題。阿姨的態度近似於感情上的忽視。我寫這篇文章，並不是為了判斷阿姨。判斷一個人很容易，但我不想用這種簡單的方式講述阿姨。阿姨從不親吻我的臉頰或擁抱我，我仍可以出於本能地感受到她很疼愛我。我有自己的房間，卻還是經常跑去阿姨的房間睡覺。看到我抱著枕頭，阿姨就會掀開被子讓我鑽進去，然後用手輕拍我的背。這算是她最大程度表達感情的方式了。

每天早晨，阿姨的收音機都會播放古典音樂。每次都比阿姨晚起床的我從被子探出頭時，都會看到她一邊聽音樂，一邊看從圖書館借來的書。阿姨看的都是已逝之人的作品，如黃土色精裝本《世界文學全集》或《三國志》。我識字以後也會背靠大衣櫃，坐在她身邊看書。升上高學年後，阿姨說我長大了，應該看一些有深度的書。聽阿姨的話，我選了幾本插畫少、字體小的書，很多時候我並不理解內容，儘管如此，我還是很喜歡和阿姨一起看書的時間。

那時候，我很想討好喜歡的朋友，每天都在想怎麼才能討他人的歡心，引人注意。阿姨對這樣的我說：「我希望妳不要成為討別人開心的人。妳是女孩子，比起讓別人開心，應該讓那些人畏懼妳。」

那時的我不知道阿姨的話是什麼意思。長大以後，我時常會想起這句話。阿姨經常用這種方式把自己的希望寄託在我身上。我也知道她一直都很為我感到驕傲。如果我月末考試取得了好成績，阿姨就會牽著我的手去市場，逢人便說：

「我們姬真在班裡考了一百分。嗯，只有她一個人滿分。姬真可不是一般的孩子。」

這樣的日子，阿姨才會買零食給我吃。阿姨平時不允許我吃糖果和巧克力等甜食，說這種便宜貨有損健康。但若我考了滿分，她就會允許我吃「便宜貨」。

就算我們在同一個屋簷下住了很久，我和阿姨之間還是存在著所謂時間的高牆。我不知道阿姨在我出生以前過著怎樣的人生。

小時候，阿姨帶我去澡堂，我看到她的肚臍下還有一個小肚臍。我問正在給我搓澡的阿姨：「為什麼妳有兩個肚臍呢？」阿姨板著臉，指著肚臍下面的小洞說：「這是做肚臍手術留下的疤。」我追問什麼手術，阿姨回答說：「做了這個手術，就再也不能生孩子了。」說完，她又幫我搓背。我完全不理解阿姨的話是什麼意思，但我能感受到她講話時的心情。阿姨很難過，而且那份難過存在著我不知道的重量。

阿姨帶我去過很多地方，其中有幾個瞬間令我至今難忘。那天是阿姨和媽媽的表姊六十大壽的日子。在備有卡拉ＯＫ機器的寬敞宴會廳，身穿韓服的主持人一邊唱著歌，一邊和賓客們跳舞。幾杯酒下肚的賓客大喊大叫地講著話，吵鬧的音樂，亂哄哄的氣氛……我知道阿姨最討厭這種狀況。

我穿著阿姨挑選的灰色毛織洋裝，小口吃著盤子裡的食物。這時主持人拿著麥克風要在場的人輪流獻唱，還讓其他人起來跳舞。氣氛活躍後，主持人開口問道：

「還有哪位沒唱歌？」

「那裡，我表妹。」

已經喝醉的花甲宴主角指著阿姨，從主持人手裡搶下麥克風接著說：「淑喜啊，我六十大壽，妳也唱首歌吧。」

阿姨輕輕地搖了搖頭。

「姊，別掃興，妳就唱一首吧。」

遠房親戚也大聲勸道。我心想，阿姨肯定會拒絕，搞不好還會生氣。但誰知阿姨接過了麥克風，走到前面，貼著主持人的耳朵說了句話。稍後伴奏響起，阿姨站在耀眼的燈光下，看著在場的人唱起了歌。

「走在麥田間，聽到有人輕聲呼喚，我停下腳步。過去的回憶讓人孤獨，他吹著口哨，悅耳的歌聲傳來。回首一看，不見人影，只有天際一片晚霞。」

那是我第一次聽到阿姨唱歌。在明亮燈光的照射下，阿姨臉上的皺紋清晰可見，看上去還比平時更加矮小。阿姨的聲音被響亮的伴奏蓋過，很快也被人們的交談聲淹沒了。即便如此，阿姨看起來還是很享受。她面無表情，但從某一瞬間開始，她似乎也在享受唱歌了。我在心裡為阿姨加油打氣。一首歌結束後，卡拉ＯＫ傳出響亮的吹奏樂，有些人開始鼓掌。

阿姨剛回來坐下，剛才勸她唱歌的親戚便朝我們這桌走來。他坐在媽媽身邊，一股酒氣撲鼻而來，我的心咯噔一下。

「真是好久不見啊。孩子都長這麼大了。」

「還不跟長輩問好。」

聽到媽媽這樣講，我點頭打了聲招呼。

「淑喜姊養大妳，現在還要幫妳養女兒。妳也知道，這有多不容易。」

我忐忑不安地看著默默點頭的媽媽的耳朵變紅了。

「姊，我是覺得……」

他指著阿姨。

「上了年紀什麼樂子都沒了，只能看著孩子們長大，再幫他們帶帶孩子。看妳這樣，我這心啊……」

「嗯。」

阿姨隨口應了一聲，喝了口水。他見阿姨沒什麼特別的反應，又轉頭看向媽媽說：

「淑喜姊人長得美，想改嫁就能改嫁，但她捨不得丟下妳不管。淑喜姊待妳就像女兒，所以妳也得像對媽一樣……」

那個人的話音還沒落下，阿姨便一拳砸在桌子上。幾根筷子被震得掉在了地上，吵吵嚷嚷的隔壁桌也看向我們。

「我就說你這張嘴是問題。」

阿姨輕聲說道。

「禍從口出，知道嗎？」

「姊。」

「少惹我生氣，回你那桌去。」

親戚轉身走後，阿姨用紙巾擦了一下嘴，看著一臉倦色的媽媽小聲說：

「全當狗吠了。」

我很想知道阿姨為什麼那麼生氣。回到家，我從爸爸的書櫃取下國語辭典，查了一下「改嫁」的意思。那個人說阿姨「可以改嫁」，但不能丟下媽媽。辭典裡改嫁的意思是，寡婦或離婚的女人，再次與他人結婚。我又查了寡婦和離婚的意思後，才理解了改嫁的意思。

也就是從那一瞬間開始，我覺得自己很有可能是阿姨人生中的一大累贅。

2

在高三第二學期找到工作的媽媽換過兩次工作，結婚的時候她進了化妝品公司的總務部。臨產時媽媽的羊水破了，灑了辦公室一地，但她心想必須完成工作，硬是忍著陣痛，大汗涔涔地堅持到了最後。抵達醫院時，子宮門已經開了五公分以上。

我出生那天，由於生產的產婦多，病房不足，醫生勸說狀況還算好的媽媽出院。我剛出生沒多久，媽媽便穿著上班那套正裝和皮鞋抱著我出院了，還是在寒冬臘月。

媽媽拜託阿姨照顧坐月子的她和剛出生的我。當時，女性因結婚和生產被解僱是很自然的一件事。但媽媽的公司提供了產後可以繼續上班的選擇權，加上爸爸也希望她工作，所以媽媽決定做到我上幼稚園。就這樣，阿姨打包行李住進了我們家。

由於爸媽忙於工作，我童年的大部分時間都是和阿姨一起度過的，就連講話也是跟阿姨學的。在我學會使用有趣、害怕、幸福、漂亮和惡劣等詞彙以前，阿姨的世界觀和解釋就為我打下了這些觀念的基礎。我在心裡抽象地拼湊出阿姨視為美好和醜陋的事物特徵。正因為這樣，我在說出害怕、討厭和憎惡的時候，這些詞彙也蘊含了貫通阿姨人生的世界觀和解釋。

阿姨為什麼有那麼多討厭的東西呢？為什麼對任何事都不滿意呢？為什麼那麼愛抱怨呢？往好的一面看就那麼難嗎？妳知道妳在感情上很刻薄嗎？我有時在心裡，有時當著阿姨的面大聲講出這些話。但有時，我也會在自己身上看到難以忍受的阿姨的樣子。

在升入國中以前，我們家住在距離金浦機場很近的地方。我們住在公寓的三樓，附近沒有高層建築，常可以看到窗外低飛而過的飛機。爸媽認為我們社區最大的問題是飛機的噪音，但凡事都愛挑毛揀刺的阿姨卻不以為然。無論是走在路上或聊天，只要有飛機飛過，阿姨就會立刻停下來仰望天空。每當這時，我也會安靜地看著。飛機白白的大肚皮從我們的頭頂飛過。小時候，我擔心稍有不慎，飛機會從我的頭頂擦過，所以看到飛機，我都會捂著臉蹲在地上。長大以後，我可以伸手追著飛機跑，感覺伸手就可以抓住它。我想像著飛機從哪裡飛來，又要飛去哪裡，十分羨慕坐在飛機裡的人。

小時候，圍繞我的世界總是模糊不清。大人們總是對我有所隱瞞，而我總是對那些不應該知道的事感到好奇。我可以明顯感受到在他們的對話中，存在著雙重意義和隱藏的情緒波動，卻無法理解明確的含義。

除了阿姨，我們一家三口逢年過節、奶奶生日或親戚的紅白喜事，都會去爸爸的老家。下了火車，再搭公車到鎮上，再換小巴。就算一大早匆忙準備，也總是在天黑才趕到。

奶奶和大伯父一家人一起生活，二伯父一家也住在附近，三伯父則住在鎮上。爸爸是老四，也是家裡唯一考上大學、在首爾落地生根的人。而且爸爸考上的還是首爾大學。爸爸一家人喜歡圍坐在大餐桌前吃飯，再在院子裡鋪一張席子一邊喝酒，一邊侃侃而談爸爸小時候有多聰明過人。若有人起頭說：「首爾大學，哪是誰都能考上的啊。」馬上就會有人接著說：「就是，成績那麼好的人都沒考上呢。」

那些人還喜歡聊爸爸的婚事：爸爸放棄了晉級決選的選美小姐，選擇了媽媽。天真、善良的老么不顧全家人的反對，做出了這種選擇。每次提起這件事，爸爸一家人都會有一種莫名其妙的快感。當時我只有十歲，但從他們的言談舉止，我也能看出他們在輕視媽媽，認為媽媽配不上爸爸，很不滿意這門婚事。

爸爸的兄弟和他們的妻子都是同鄉，共享著相同的語言和文化。「哎唷，小叔這麼善良，怎麼跟挑三揀四的首爾女人過日子啊。」、「我是擔心姬真媽。」我從這群人假裝開玩笑和假惺惺的擔憂中，察覺到了媽媽一直在對我隱瞞的問題。

「幸虧是老么，要是長媳可怎麼辦？」、「怎麼總流產呢？懷孕的人怎麼那麼不小心……女人啊，可要注意自己的身體。」無論他們說什麼，媽媽都是一臉不以為然，唯獨聽到這些話時，媽媽就像犯了什麼大錯似的，臉頰通紅，不敢直視大家。我十二歲的那年夏天，這種事變得越來越頻繁了。

某天爸爸出差了。那段時間，爸爸經常出差不在家。每當這時，我們就會去外面吃晚飯。爸爸認為在外面吃飯浪費錢，明明在家吃得舒服，幹嘛要花錢去外面吃。因為爸爸，我們除了特別的日子，全家人從不出門吃飯。爸爸出差後，我和阿姨搭公車去了媽媽公司所在的乙支路。

媽媽看到等在公司門外的我們，誇張地揮手跑來。媽媽帶我們去了公司附近的餐廳，她不顧阿姨的勸阻，堅持空腹喝酒。她會在中餐廳喝高粱，在炸豬排店喝啤酒，在明太魚湯店喝燒酒。酒足飯飽後，我們會去書店看書、觀察路人。回家洗完澡，我們抱著各自的被褥，並排躺在客廳地上。這就是爸爸出差期間，我們的日常生活。

那天我面朝沙發睡著了，但中途醒了。隱隱的蚊香，電風扇轉動的響聲。夏末的夜晚已經感受不到熱氣，幾天前還很刺耳的蟬鳴也消失了。

我閉著眼睛，聽到了媽媽的哭聲。媽媽努力壓抑著聲音，小心翼翼地擤著鼻涕，稍後又傳來有人關掉電風扇的聲音。

「每次流產，他都跟他媽講……」

我徹底醒了。

「少管他們，顧好妳自己的身體吧。」

「身體？誰都不在乎我，連他也不在乎。」

我感受到媽媽顫抖的聲音夾雜著憤怒。

「所以說，妳得好好照顧妳自己。」

阿姨又小聲說了什麼。我的心砰砰直跳。因為心跳聲，我沒聽清她講了什麼。我集中精力聽阿姨講話。

「六次？」

媽媽問道。

「最後一次流產很危險。醫生說，不能再懷孕了。如果再流產會有生命危險，但他根本不在乎。剛手術沒多久，他就要跟我……」

阿姨沒有講下去。沒過多久，傳出了媽媽的抽泣聲。「我不想就那樣死掉，所以去找醫生，做了絕育手術。我知道這樣會被趕出家門……」

很長一段時間，只能聽到阿姨、媽媽和窗外機車經過的聲音。

「……妳還活著，真好。」

「……」

「忘掉那些指責妳的人吧。」

「妳也是。忘了那些屁話。」

「嗯。」

媽媽和阿姨的談話聲漸漸變成了深深的呼吸聲。呼—呼—呼—，由於太過相似，很難分清是誰發出的聲音。我聽著她們的呼吸聲，靜靜地思考她們剛才的對話。我無法全然理解對話的內容，但她們內心激動的感情著實震撼了我。

隔天沒有出現任何變化，阿姨和媽媽就像昨晚什麼事也沒有發生一樣，聊著瑣碎的日常，做著該做的事。阿姨為我們準備好早餐，媽媽上班後，我去了游泳館。

游泳的時候，我會想像自己是一隻緩慢飛行的小鳥，包圍全身的水是潮溼的空氣。但在那一天，我的腦袋一片空白，還嗆了幾口水。因為雙腿無力，一直落在後面，結果被教練用浮板打了屁股。我的鼻子很痛，一邊的耳朵進了水。無論怎麼單腿跳都無濟於事。回家的路上，我的耳朵嗡嗡作響，眼淚奪眶而出。

阿姨推開玄關門，我猛地撲進她懷裡。阿姨不知所措地站在原地，她沒有抱住我，而是像敲小鼓一樣輕輕地拍了拍我的背。我用力且緊緊地抱住她，她這才把手臂圍在我的背上。阿姨什麼也沒問。就這樣，用體溫加熱的水從一邊耳朵流了出來。

3

升上國中後，我們搬到了遠離飛機噪音的地方。從二十四坪的房子搬進三十坪的房子，不禁讓年少的我覺得家裡突然變得富裕了。而且我們搬進的還是剛竣工沒多久的新公寓。

後來我才知道，我們之所以能搬家是因為過世的外公。一生對女兒吝嗇的外公去世後，不得不分掉隱瞞了一輩子的土地。就這樣，媽媽和阿姨得到賣掉土地的遺產。媽媽回憶起當時的情景，經常感嘆手裡算是有了一筆養老金。但有時也會抱怨，要是沒繼承那筆錢，日子也不會過成現在這個樣子。

讀國中以後，我開始去讀書室自習。也就是在那時候，我得知阿姨只念到國中三年級就退學了。媽媽怕我講錯話，囑咐我不要當著阿姨的面提這件事。

之後沒過多久，有一天，我走進阿姨的房間，看到她坐在書桌前。搬家後，阿姨買了一張新書桌。家的坪數變大了，但阿姨的房間裡仍擺著大衣櫃、五層的抽屜櫃、書櫃和書桌，感覺就和之前一樣。我走近一看，阿姨正在檯燈下做數學題。阿姨明知道我站在一旁，還是繼續做題。

「妳在幹什麼？」

「學習。」

我不知道該說什麼，我擔心阿姨看出我知道她沒念完國中，我不想她難過，於是閉上了嘴。阿姨戴著老花眼鏡，抬頭看著我問道：

「怎麼了？」

阿姨假裝泰然自若，但耳朵紅了。

「沒什麼……我就是……」

阿姨放下筆，看著我。

「我學習很奇怪嗎？妳，站直！」

我立刻站直雙腿。阿姨不喜歡我站姿不端正。

「我也想畢業。」

阿姨說出這句話的時候，移開了視線。當時，她馬上就要迎來花甲之年了。

阿姨報了補習班，比我提早完成了國中課程。她每天晚上溫書到很晚，認真抄寫、背下單字和公式，從沒問過我任何問題。我快畢業的時候，阿姨已經開始學習高中的課程了。

那年放寒假的時候，阿姨帶我去了南大門市場。雖然是平日下午，市場依舊人山人海。阿姨用一種特有的冷漠表情掃視著攤位上的東西。

在小巷穿行的阿姨走到某棟建築時，毫不遲疑地往地下走去。小店鋪鱗次櫛比，每家都堆滿了商品。我小心翼翼地跟在阿姨身後，生怕撞到路人。走過賣軍服、內衣和廚房用品的商店後，阿姨在一間店的門口停了下來。門口堆滿了雜貨，只能一個人接一個人地走進去。那是一間販賣美國零食的商店。鐵罐子和紙盒裡都是零食，隨處可見糖果、果凍和即溶咖啡等食品。店鋪的正中央坐著一位年過八旬的白髮老人，她皺著眉頭看著我們問說：

「喝咖啡嗎？」

「不了，剛才喝過了。」

「吃飯了嗎？」

「吃了。」

阿姨說著說著便坐在老人身旁，我坐在對面的塑膠椅上。老人從抽屜裡取出兩個紙杯，在鐵桶裡舀出一湯匙棕色粉末放入杯中，又按了一下米色保溫瓶的蓋子，接了兩杯熱氣騰騰的熱水。老人拿著茶匙輕輕地攪拌均勻粉末，把紙杯遞給我和阿姨。原來是熱巧克力，但上面漂浮著像是保麗龍般的白色小顆粒。

「那是棉花糖，可以吃的。」聽到阿姨的話，我慢慢地啜了一口，很燙、很甜也很濃。這是我至今為止喝過的熱巧克力中最好喝的。老人留心看著我，見我的杯子空了，隨手拿起一盒零食打開遞給我。那是一盒帶有大塊糖粒的奶油餅乾。我咬了一口，味道很濃，我第一次品嘗到這種味道。

「妳現在過得怎麼樣？」

「過得很好。」

「有錢過日子嗎？」

「當然，綽綽有餘。」

「這孩子是誰？」

老人用下巴點了我一下。

「妳還記得我妹妹淑景嗎？」

阿姨凝視老人問道。

「淑景的女兒。這孩子聞一知十，聰明得不得了。」

「是喔？」

老人說著，拿起一塊糖遞給阿姨。阿姨把糖放進嘴裡，再沒多說什麼。阿姨很熟悉這個地方，但她似乎很不自在。我聽著隔壁傳來的廣播聲和過往行人的腳步聲，看了一眼掛在店裡的招牌，「彩虹糖」。老人東張西望，似乎是想再找些東西給我們。

「我回去了。」

見阿姨起身，老人伸手抓了一把糖果和巧克力塞進塑膠袋裡。

「拿去吃。」

「算了。吃這種東西不益健康，還會蛀牙。」

聽到阿姨這樣講，老人收回了手。

「下次再來玩。」

「再見。」

阿姨頭也不回地往外走去。我看出了阿姨在這間店裡的情緒波動。我們一聲不響地走回一樓，阿姨說想休息一下，走進了一間名叫羅曼史的咖啡廳。阿姨幫我點了香蕉果汁，自己要了生薑茶。飲料端上桌，阿姨還是閉著眼睛靠在沙發上，就像在打瞌睡一樣。

「剛才那個老奶奶是誰？」

我看著雙眼緊閉的阿姨問道。

「糖果店老闆。」

「不是，我是問她跟妳是什麼關係？」

「我之前工作的店鋪老闆。」阿姨睜開眼睛。

「妳在那裡工作過？」

「嗯，之前店的規模很大，從美軍部隊弄很多東西來賣。」

「妳工作了多久？」

「淑景長大以後就不做了……大概十五年吧。那時候生意好，天天忙得不可開交。」

這還是阿姨第一次聊起自己的事。

「別提那個人有多狠毒了……她總以為我是靠她過活。討厭死她了。」

阿姨慢條斯理地講述了幾件事：老人不讓她上廁所，結果憋尿憋出了膀胱炎；沒日沒夜地工作，也不給飯吃；帶七歲的媽媽去店裡，連一塊廉價的糖果也不給孩子；用雞毛撢子打媽媽放在餅乾盒上的手……

「那時候都那樣……但也不盡然。」

阿姨說完，苦笑了一下。提到自己受到的差別待遇，阿姨顯得很淡然，但聊到與媽媽有關的事時，她就會一臉痛苦的表情。阿姨說，自己也不知道為什麼每次來南大門，都會習慣性地去看一眼老人是否還在。明明知道這是不好的習慣，但之前都沒走進過店裡。阿姨講述這些事的時候，彷彿把我當成了和她一樣大的大人，而不是小孩。

「今天為什麼進去了？」

「可能是想炫耀妳吧。」

阿姨說著聳了聳肩膀。

「我有什麼好炫耀的。」

阿姨靜靜地看著我。我故意迴避她的視線，轉頭看向窗外。烏雲密布，機車轟隆隆地飛馳而過。

那年冬天，爸爸已經在家裡閒了一年。媽媽下班後也不得休息，忙著和阿姨一起準備晚餐、洗碗、洗衣服。她們比之前更賣力地做家事，無時無刻都在看爸爸的眼色。「越是這種時候，越不能傷男人的自尊心。」媽媽經常把這句話掛在嘴邊。

現在回想起來，阿姨對待爸爸的態度總是包含著尊敬。無論是在爸爸不停地換工作，還是突然開始做生意，經歷各種失敗，最後連媽媽繼承的遺產也全部揮霍掉時。甚至在那之後過了很久，阿姨仍沒有失去那份尊敬之心。然而，這份尊敬的基礎就只是源於爸爸畢業於首爾大學。

相反地，爸爸對待阿姨的態度則截然不同。基本上，爸爸對待比自己年長的人都很有禮貌。僅比他大一兩歲的叔叔也會稱呼人家大哥或先生，尊稱他們的妻子為嫂子或夫人。

阿姨比爸爸年長十七歲，但他對待阿姨的態度卻總是夾雜著淡淡的蔑視。

我和爸爸經過商店街時，看到一位貌似與阿姨年紀差不多大的女人正彎著腰，用刷子刷樓梯。

「這房東很有問題，怎麼能讓老人家刷樓梯呢……」

爸爸咂著舌頭說，但他在家裡連湯匙都不自己拿；阿姨和媽媽不在家的時候，就算電鍋裡有飯也不自己盛；而且一直使用別人刷得乾乾淨淨的馬桶。想到爸爸無動於衷地看著蹲在地上，用抹布擦地的阿姨的表情，我的心都涼了。

爸爸和阿姨的關係不是很親密，但也談不上尷尬。不過不知從何時起，他們之間流淌出異常的氣流。兩個人沒有發生過口角，或營造出敵對的氣氛，可我從他們的眼神和對話中還是察覺到了變化。

十八歲的那年春天，期中考試剛剛結束。星期天晚上，我們和往常一樣默默地吃著晚飯，不愛也不會喝酒的爸爸一反常態喝起了燒酒。快吃完飯的時候，坐在我對面的阿姨看著我說：

「這件事最好當著姬真的面講。」

「姊。」

「我是時候該搬走了。」

阿姨目不轉睛地看著我，接著說道：

「我打算趁姬真放假的時候搬家。」

「妳說什麼？妳要搬去哪裡？」

阿姨剛要開口，爸爸便低聲插嘴道：

「好，那就搬吧。總不能一直這麼過下去。」

聽著三個人的對話，我知道他們已經討論過這個問題了。

「姊，別這樣，妳再想一想。」

「這不是衝動的決定。我覺得這樣對我們所有人都好。」

「我們所有人？」

爸爸反問道。

「真沒看出來妳是在為我們所有人著想啊。」

「老公。」

媽媽的聲音微微顫抖著。

「妳遇到困難的時候，我可沒袖手旁觀。」

「所以是我要感謝你嗎？謝謝你收留了我？」

「姊！」

「你不要把我當成無恥之徒。」

「我沒有。我的意思是……」

「你，別說了。」

「妳太無情了。妳就這麼一個妹妹，幫她一下，妳也不願意。那時候，妳要是能幫我們一下，我們也不會淪落到如此地步啊。」

阿姨起身回了房間。爸爸雙手抱頭靠在椅子上，媽媽愣愣地望著牆壁。在那之前，我幾乎沒見過他們吵架，而且還是以這種越過彼此底線的方式吵架。大人之間一觸即發的緊張感容不得我插嘴，所以我什麼也沒問，收起碗筷。和媽媽洗完碗後，像往常一樣回房做功課了。隔天醒來，我察覺到昨晚的矛盾似乎不是暫時性的。我猜想也許阿姨會希望有人挽留她，於是纏著她說：

「阿姨，妳為什麼要走？」、「為什麼我們不能一起住呢？」、「妳走了，我怎麼辦？」、「妳怎麼都不跟我商量一下呢？」

那時的我以為自己有資格對阿姨講這些話。阿姨既不解釋，也沒有哄我。阿姨準備搬家的前幾天，我對正在整理行李的她發火說：「妳眼裡根本沒有我，是不是？」阿姨用比任何時候都冷淡的表情看著我說：

「妳說什麼也沒用。」

阿姨說完，繼續整理起行李。

「少了我這個累贅，妳現在痛快了？」

我這樣問，是希望聽到她給出否定的回答。

「是啊，現在我可以舒舒服服地過日子了。」

阿姨盯著我的雙眼接著說：「妳少在這裡吵吵鬧鬧，回妳的房間去吧。」

阿姨一邊擺手讓我出去，一邊說道。

我回到房間，坐在書桌前，哭著下定決心，永遠不會原諒阿姨。我再三告訴自己，絕不會忘記今天的事，直到死的那天也不會忘記此時此刻對阿姨的憎惡。就算有一天阿姨去世，我也不會掉一滴眼淚。她還不如死掉算了。她那種人只會讓我傷心，還不如早點從這個世界上消失呢！

最近我看著鏡子裡的自己，經常會感到驚訝。使用了四十多年的面部肌肉讓我看上去就和阿姨一模一樣。鏡子裡的那張臉告訴我，我變成了一個頑固的大人。

4

聽媽媽說，阿姨用外公的遺產在城北區買了一棟老房子，還把房子改成宿舍，租給三個年輕的學生。媽媽還說，幸虧當年阿姨沒有借錢給爸爸做生意，現在她才有自己的房子，晚年還有些收入。媽媽還勸我理解和尊重阿姨搬出去的決定。

阿姨的房間多了一臺泡菜冰箱，之後還陸陸續續地多了泡酒瓶、吸塵器和各種雜物。阿姨搬走後，家裡變得越來越髒亂，到處都是白灰，浴缸滿是粉紅色的水垢，馬桶上也都是爸爸的尿漬。

那時候，媽媽給我買了一部手機。她上夜班的時候，就會傳訊息讓我給爸爸準備飯菜。我用笨拙的廚藝做了雞蛋捲，再熱一下媽媽煲的湯，最後把小菜裝盤擺上餐桌。爸爸一聲不響地吃完飯，直接抬屁股就回房間了。我漸漸受夠了這樣的日子。

我不再需要人照顧，但也沒有獨立生活的能力。我覺得沒有人喜歡我，包括我自己在內。我希望生活能有所改變，卻不知道該如何改變。我知道無論我做什麼都無法盡如人意，只會成為大家的笑柄。我一生都是阿姨的累贅和障礙物。想到這些，眼淚不由自主地流了出來。

小時候，阿姨常說我什麼都能做，一定可以出人頭地。她的語氣就像在陳述很客觀、很科學的事實，但她始終都不知道這句話給我帶來了多大的壓力。於我而言，阿姨在我身上看到的無限可能就是一種恐怖。阿姨常常會以「如果是妳的話……」開頭，然後就沒有下文了。她的聲音含帶著淡淡的憤怒和某種嫉妒。

阿姨搬走後不到一年，我們就搬進了十三坪的公寓。也就是說，我們必須賣掉三十坪的房子還債。十三坪的公寓再也放不下阿姨房間裡的大衣櫃、我的床、泡菜冰箱、客廳的沙發和紅木餐桌了。我住在玄關門口的小房間，客廳和玄關的拉門拉上後，客廳就成了爸媽的臥房。可能就是在那時候，媽媽徹底失去了耐心。搬家後，他們很少好好講話，爸爸經常夜不歸宿。我寧願父母分手，但他們從沒想過離婚這件事。既然如此，那就只有我離開這個家了。

也是在那時候，我知道了空軍士官學校。我從小憧憬坐飛機，心情鬱悶的時候也會想像變成鳥兒飛翔，而且最重要的是，免學費和提供制服的條件給了我希望。我懷揣對於安穩、獨立生活的嚮往，埋頭準備起入學考試。我逼得自己痛苦不已，但讓我感到驚訝的是，這樣反而使雜念漸漸淡去。雖然這是自虐式地捂住耳朵，把真正的問題往後推，但我相信自己做得很好。

準備入學考試時，我在本子上寫下決心：

成為軍校生，成為軍人。

永不示弱，克服自己的軟弱。

節制。不依靠、不期待任何人。嚴以律己。

成功入學後，我在「成為軍校生」上畫了一道線，然後每天早起在心裡反覆默念其他幾行文字。

長久以來，我一直堅信做出這樣的選擇，是因為我想離開家，不想擔心學費和生活費。但隨著時間推移，我發現這樣的理由不足以解釋這種選擇了。學生時代，我並非只為了通過課程而接受訓練，我總是要求自己取得超越原有水準的成績。雖然身體疲憊，但我很喜歡憑藉毅力掌控身體和行動的感覺。成為人上人的崇高想法是會教人上癮的。

我看不順眼那些害怕訓練和吃苦的人，也不願接觸那些動不動就掉眼淚和吐苦水的人。我害怕他們把懦弱傳染給我。無論是在經濟上，還是感情上，我都不依賴任何人，我必須成為獨立、對自己的選擇徹底負責的大人。我覺得只有這樣，我才不會討厭我自己。

「看來只有妳這樣的人才能當軍人。」

第一學期結束後，打算退學的同學邊收拾行李邊說。我沒有要求她解釋這句話，但她接著又說：

「妳也有感情嗎？妳一定會成功的。但我還是不想像妳一樣活著。」

「是喔。」

我應了一聲，走出了房間。不想像我一樣活著？我很生氣她隨便對我下判斷。她的話也傷了我的心，因為我也認同了她的說法。

媽媽很開心我很有主見地選擇了自己的出路，還稱讚平穩度過青春期的我是獨一無二的孝女。我原以為聽到這種話會很高興，但當下感受到的就只有空虛。我知道，如果我不是現在的樣子，如果我沒有考上大學，媽媽就會失望。我只是勉強地避開了那種失望。

現在回想起來，那時候的我最害怕的是，面對自己的恐懼與憤怒。為了不這樣，我故作勇敢，裝作不會被任何瑣事動搖。

在與阿姨分開的那段日子裡，我經常想起她。第一次駕駛飛機、成功高空飛行、調到其他部隊和突然從酣睡的夢中醒來的時候，我都會用阿姨的視角審視我自己。「阿姨，我做到這樣，妳滿意嗎？」洗完臉，用毛巾擦乾臉上的水，我看到鏡子中的自己越來越像阿姨了。

5

二十五歲，被授予空軍少尉的第二年，我漸漸地失去了靠努力維持的心理平衡。我經常做惡夢，一點點小事也會越發煩躁。一天結束回到家，我無力再做任何事。因為沒有可以說服自己的特別理由，我倍感痛苦。現在回想起來，當時的我似乎在感情上徹底枯竭了。這種狀態日復一日，神經變得極度敏感。哪怕有人不小心撞到我的肩膀，我也會感受到無法忍耐的憤怒。也就是在那時候，我再次見到了阿姨。

在沒有見阿姨的七年裡，我一點點抹去了對她的思念。就像人生中總會遇到不知緣由，只能接受的事件一樣，我以為再也見不到她了。那是一種令人揪心的放棄。正因為這樣，當阿姨打電話說想來看我的時候，比起開心，我首先感受到的是恨意——始於她獨斷獨行態度的恨意。

跟阿姨見面的那天，氣象局發布了寒流特報。開車去客運站的路上，強風颳得車子直搖晃，窗外的湖面也結了冰。可能是因為天氣原因，阿姨搭乘的市外大巴誤點了半個小時。其他乘客都下車後，最後阿姨才下來。

阿姨穿著她每年冬天都會穿的灰色人字紋羊毛混紡大衣，可能是她變瘦的關係，衣服看起來很大。寒流來襲，瘦小的老人穿著又薄又舊的大衣，不禁讓人覺得很不現實。漸漸走近阿姨，我心裡又燃起了對她的思念。我故作淡然，走到她面前伸出手。阿姨馬上握住我的手，卻很快就放開。她從開著暖氣的車裡下來，手卻比站在外面的我還要涼。「路上辛苦了。快上車吧。」

我說著，邊拉了一下阿姨的大衣。阿姨默默跟我上了車。我打開暖氣，把後座上的毯子蓋在她的膝蓋上。阿姨緩緩地環視了一圈車內。

「偏偏今天是入冬以來最冷的一天。」

「冷才是冬天啊。」

阿姨說完，乾咳了一聲。我從副駕駛座的抽屜裡取出兩個暖暖包遞給阿姨，她一聲不響地攥在手裡。阿姨沒有正眼看我。即使不細看，我也能清楚地看到她臉上七年的痕跡。

車子緩緩開出客運站，阿姨轉頭看向窗外。我打開廣播，但阿姨嫌吵，讓我關掉。又是一陣沉默。開車前往紅豆刀削麵店的一路上，我們聊了聊變化無常的天氣、物價和我居住的P市。閒聊期間，我始終有一種話不投機的感覺。

我們坐在可以看到湖水的位置，四個年輕的男人坐在距離我們很近的地方，吃著蔥煎餅配燒酒。才下午一點半，他們的桌上就擺滿了空的燒酒瓶，心情似乎很好的四個人講話聲越來越大。阿姨皺著眉頭瞥了他們一眼，緊咬住嘴唇。我們一聲不吭地看向窗外結冰的湖面和隨風搖曳的枯樹枝。

紅豆刀削麵端上桌後，阿姨用湯匙攪兩下，抱怨了句湯太稀了。我沒接話，低頭吃了一口麵。與阿姨的抱怨相反，我覺得湯有夠稠，麵也很有彈性。畢竟這是P市最有名的紅豆刀削麵店。我吃了幾口，放下筷子便再也吃不下去了。寒氣吹得腳冰涼。

「吃那麼少，哪有力氣啊？」

「我早上吃了很多。」

「妳連說謊也不會。怎麼了？」

我遲疑了一下，如實說道：

「最近總是睡不好……」

「沒什麼大不了的。」

阿姨看也沒看我，還沒等我說完就打斷了我的話。如果是她不想聽的話，就會這樣。明知道她如此，我還能期待什麼呢？我是在期待她至少能有一次接住我拋出的球嗎？她只會更用力地把球丟給我，而我也只會被球打中。我很清楚阿姨是怎樣的一個人。但是……

「沒錯。是沒什麼大不了的。但是，這種話只有我自己有資格講。」

阿姨把頭轉向窗外，就像我根本不存在一樣。看到她這樣，我深埋在心底的創傷探出頭來，早已遺忘的瞬間的感情也復燃重生。我努力想記住美好的回憶，苦心嘗試去理解她。我告訴自己，如果我置身與她相同的環境，一定不會成為比她更好的人。這就是我對阿姨的愛。但阿姨卻連最基本的共感都沒有，甚至從未付出過努力。我在冷漠的阿姨面前又變回了七歲的孩子，不知道是憤怒，還是悲傷的炙熱感情沿著喉嚨湧了上來。

「妳還是老樣子。」

阿姨說著嘆了口氣。

「我怎麼了？」

阿姨又把頭轉向窗外。

見她這樣，我立刻關上了心門。關上心門，阻斷感受，是我最擅長的事。我們閒聊幾句後，起身準備離開。我攔下非要付錢的阿姨，接著走到外面，阿姨又抱怨道：「又不是首爾，一碗刀削麵怎麼那麼貴。」我早已習慣這樣的阿姨了，那天卻莫名地感到難以忍受。

我們移動到咖啡廳，尷尬地坐了下來。我猶豫一會，還是問了她這幾年過得怎麼樣。阿姨聊到住在她家的學生時還會稱讚兩句，但沒過多久，便冷嘲熱諷起左鄰右舍，說那些人整天就知道坐在小店鋪門口喝酒打發時間，連最基本的常識都不懂，而且還不知羞恥。我沒說什麼，就只是聽她侃侃而談，忍耐著一種熟悉的反感情緒。我在心裡反問她，妳是多有學問、多優秀呢？但下一秒便因這樣的自己產生了罪惡感。

返回客運站的路上，風颳得更大了。車子一晃，阿姨輕輕地嘆口氣。快要進入市區的時候，阿姨打破沉默問道：

「妳駕駛飛機最遠去過哪裡？」

「阿拉斯加。」

「那是哪裡？」

「美國。」

「美國……」

阿姨小聲重複了一遍，半天沒再說什麼。風聲漸小後，阿姨又開口說道：

「當初聽說妳要當軍人，我還以為妳會中途放棄。妳的心太軟了。」

「沒人會那麼想。」

「妳小時候就心軟，我一直想改掉妳這個毛病。」

「那妳成功了。現在我的心變成石頭了。」

天氣預報沒說會下雪，卻忽然飄起了雪花。我打開雨刷，減緩車速。

「今天看到妳，我算是知道什麼叫本性難改了。但妳還是過上了好日子。飛機哪是誰都能駕駛的，還飛到美國去了。真是了不起啊。」

我知道阿姨是鼓起勇氣才說出這句話的，因為她不會稱讚人。她會在別人面前誇耀我，卻從沒當面稱讚過我。每當爸媽在別人面前貶低我以示謙虛時，阿姨就會搶著道出我的優點。正因為這樣，我很了解阿姨的心意，她其實很為我感到驕傲和欣慰。即使她沒有當面稱讚過，但我可以感受到她的真心。聽到阿姨說出這些話，我不禁哽咽了。

雪越下越大。快抵達客運站的時候，眼前已經一片雪白了。我停好車，取出雨傘。我們並肩打著雨傘，我切實地感受到了阿姨的嬌小。到了出發時間，我把雨傘遞給阿姨。

「妳帶著吧。」

那是一把畫有白色水滴的黃色雨傘。

「還有，晚上不要撐黑色的傘，車子看不見，會撞到妳的。」

「真是杞人憂天。」

「妳要穿暖和一點。」

阿姨點了點頭，把手伸向我。她的手還是那麼涼。我目送阿姨上車，然後頭也不回地離開了客運站。走回停車場的一路上，雪下得更大了。白雪點亮視野，我在心裡叫了一聲「阿姨」。雖然阿姨說我和她完全不同，但那天我在她臉上看到了自己的樣子：愛挑剔，高標準，無法輕易滿足，也不愛笑。

看著阿姨的臉，我欣然地接受了成人後所感受到的一切。我擔心反覆做出與阿姨相同的表情，會長出相似的皺紋，變成不斷增加討厭事物列表的人；我害怕變成只沉浸在自己的創傷，無視他人傷痛、蔑視他人、心胸狹窄且黑暗的人。但我已經漸漸變成了這樣的人。冰冷的雪花落在額頭上，瞬間變成水滴沿著臉頰流了下來。

6

阿姨七十九歲那年罹患中風。雖然身體能動，生活上也沒有太大的不便，但很難使用語言表達想法了。最後的五年時間，阿姨變成一個講話很慢的人。阿姨臥床不起後，媽媽搬進了阿姨家。那時候，爸爸和媽媽正式分居了。每次我和媽媽講電話的時候，她都會讓阿姨接聽，阿姨每次都是先叫一聲「姬真啊」，然後斷斷續續地說：「好、好、吃飯。姬真啊。開、開飛機、小心。」

時隔七年跟阿姨見面後，我們一年至少會見一兩次面。媽媽搬進阿姨家以後，我們比從前更常見面了。十五年間，我漸漸了解阿姨。

一輩子討厭狗的阿姨在六十七歲時，養了一隻叫小栗子的狗。有一次，我陪阿姨出門遛狗，第一次看到阿姨親切溫柔的一面。阿姨平淡地說：「小時候，父親從集市買來小狗，養大後再賣給狗販子。所以我不喜歡狗，討厭看到父親那樣。有一天，下大雨，凍得發抖的小栗子跑到院子裡，我很生氣，但家裡的學生求我收留牠。」阿姨和小栗子一起生活了十二年，小栗子死掉的時候，阿姨第一次在我面前掉下眼淚。

阿姨生平第一次坐飛機是在收養小栗子的幾年後，她和補習班的朋友在七十三歲那年去了福岡旅遊。以此為契機，阿姨又去了柬埔寨和義大利等國家。阿姨最後一次去的地方是美國，她經由洛杉磯去了大峽谷國家公園。照片中的阿姨和笑容滿面的遊客們站在大峽谷前，唯獨她愁眉苦臉的。

阿姨不善接受別人的稱讚。有一次，我說：「妳的品味可真好。」阿姨害羞地避開了我的視線。「阿姨，妳知道嗎，我曾經希望妳早點死掉。」阿姨聽了，連眼睛也沒眨一下。每次阿姨聽到有人稱讚她，都會露出想要鑽進老鼠洞的表情。

晚年看似安逸的阿姨中風以後，變得更加孤僻了。她甚至在日間護理中心，因為一點小事和其他老人大打出手。聽說先挑起事端的人是阿姨，結果挨了對方一頓打，直到被人拉開才停手。日漸衰老的阿姨性格變得越發暴躁，但有時也會像孩子般開朗。彷彿有人拉開了遮光簾，阿姨的臉上漸漸露出了燦爛的笑容。她摘掉假牙微笑的時候，看上去就像還沒長牙的嬰兒。

阿姨看電視時會露出孩子般的笑容，但看到不喜歡的人，就會氣呼呼地拿起遙控器立刻轉臺。我問在看電視劇的她是什麼內容，阿姨會笑著說：「不知道。」我去阿姨家，她看到我又驚又喜，笑著伸出手，她又大又厚實的手總是很涼。我走到她身邊坐下，她就會握住我的手不放，靜靜地看著我。

我請假在阿姨家住過幾天。那時，我已經是年滿十年的飛行員了。那年春天，一位同事早逝。我知道每個人都有可能遭遇這種不幸，卻還是不停地否認現實。我喜歡那個人很久，卻從未表露過。

只要像關上防火門一樣，關上心門，我就永遠可以躲避心中的火焰了。但那年春天，我再也無法憑藉自己的力量關上那扇門了。比起傷心和難過，我最先感受到的是內心失控的憤怒。我連一滴眼淚也沒有掉。無論看書、散步、洗澡、聽音樂、兜風、游泳、深呼吸或寫日記，按下所有可以恢復「正常」的按鈕或調整操縱桿都無濟於事。最終，當我接受了束手無策的事實後，我的心便像半夜燒毀的倉庫徹底崩潰了。我垂著頭，默認了這就是我應該付出的代價。

阿姨家位於路邊，半夜也會聽到汽車和機車經過的聲音。睡在一旁的媽媽鼾聲大起，我抱著被子和枕頭走到客廳。雖然是深夜，但路燈的燈光照進客廳，冷風也從窗縫竄了進來。我躺在客廳，閉著雙眼，強忍住眼淚。不知躺了多久，傳來了開門聲。

「冷、風、大。」

睜眼一看，睡衣外面套了一件羽絨背心的阿姨正彎腰看著我。我抱著枕頭，跟阿姨走進房間。阿姨扶著抽屜櫃，再撐住地面，緩緩地鑽進被窩。她掀起一邊的被子看著我，我也鑽了進去，被褥已經被阿姨的體溫預熱了。我想起每年冬天，阿姨取出過冬的棉被時都會說：「最近沒有比這更好的棉花了。」對小時候的我而言，那張棉被太過沉重。我們保持距離，面對面地躺在被窩裡，長大後的我還是覺得阿姨的棉被很重。

阿姨生病以後，再沒染過頭髮，一直維持一頭白色的短髮。阿姨下垂的眼皮顯得原本就很小的眼睛看上去更小了，人中變長，嘴角也跟著下垂了。這只是老化的普遍特徵，但我感覺阿姨固有的特點也被奪走了。真沒想到阿姨會變成這樣的老人。她從前的氣勢，讓我以為她到了八十歲也會像年輕人一樣精神抖擻呢。

「阿姨什麼時候變得這麼老了？」

阿姨被我的話逗笑了。

「真好笑。」

我的聲音哽咽了。為了掩飾情緒，我閉上眼睛。平靜下來後，我再次睜開眼。黑暗中，阿姨靜靜地看著我。

「姬真啊。」

阿姨輕聲叫了我一聲。

「我的姬真啊。」阿姨說著，揉了揉眼睛。

「冷。」

「冷？」

「妳，冷。」

「我一點也不冷。」

阿姨緩緩地移到我身邊，用手拍了拍我的背。我拚命憋住哭聲。如果世界上只有一個人不能看到我的軟弱，那個人就是阿姨。這是我的自尊心，也是對阿姨的禮貌。沒過多久，阿姨平穩地喘著氣入睡了。

阿姨走的那天凌晨，我突然醒了。窗外漆黑一片，風聲呼嘯。時間是三點五十分。我徹底醒了，呆呆地坐在床上。沒過多久，電話響了。即使不接，我也知道是誰和為什麼打來電話。

阿姨的遺照似乎是十年前拍的。照片中的阿姨仍舊固執地穿著那件又薄又舊的冬季大衣，她面無表情地看著鏡頭，彷彿在對我說，妳大老遠跑來幹嘛？阿姨，妳真的認為我們不一樣嗎？阿姨擔心我的性格會受到傷害，因為她比任何人都清楚那是怎樣的感受。正因為這樣，阿姨才會像對待自己一樣對待我。我在阿姨的遺照前磕了兩個頭，沒有掉一滴淚。

葬禮結束後，我去了阿姨家。打開房門，窗前的書桌和書櫃映入眼簾。桌子上放著裝有老花眼鏡的眼鏡盒、《金剛經》、一半乾掉的橘子、一支筆和一張紙，紙上寫著「一瓶醬油、一綑白菜、一公斤白糖」。橘子皮丟在大籃子裡，柑橘味充斥著整個屋子。我把阿姨的被褥疊好放在書桌一旁，在上面坐了很久。我看到阿姨的大衣掛在衣架上。

薄大衣的花紋內裡也磨破了。我把大衣疊好，和掛在一旁的圍巾一起放進箱子裡。我伸手摸了摸黑色的高領毛衣、羽絨背心和奶油色的圓領毛衣，全部都是舊衣服。只有連帽的紫色羽絨衣是她生病後，媽媽給她買的新衣服。當時阿姨長吁短嘆地抱怨，自己竟然淪落到如此處境，要穿這麼醜的衣服。

阿姨的房間沒有衣櫃，只有掛在衣架上的幾件外衣，其他衣服、內衣和睡衣都放在三層原木抽屜櫃裡。我想起阿姨和我們一起住的時候，她房間裡的大衣櫃。大衣櫃裡放著我們全家的衣服和四季的被褥。阿姨睡在自己並不需要的大衣櫃旁會是什麼感覺呢？她從未流露過對於那個大衣櫃、自己的小房間和扶養我的不滿。這就是阿姨維持體面的方式。

即使我因爸爸輕蔑、無視阿姨而感到憤怒，內心仍始終覺得阿姨低我一等。我沒有任何可以炫耀的地方，卻總是以居高臨下的態度評價他人，時常一副自命不凡的模樣，感覺自己比任何人都優秀。即便如此，我還是不承認自己在以這種態度對待阿姨，因為我不想成為那種人。然而在整理阿姨衣物的過程中，我承認了這一切，而且很清楚這樣的判斷與阿姨本身毫無關係。

對媽媽而言，阿姨是一個責任心很強且嚴格的姊姊；在爸爸眼中，阿姨只是一個在我們家遇到困難時，沒有伸出援手的、冷漠無情的人；日間護理中心的人說阿姨平時很安靜，但一股火上來就會暴跳如雷，是一個性格衝動的老人。即使把這些評價和判斷加在一起，也無法準確地定義阿姨是怎樣的一個人。我把阿姨的大衣和圍巾帶回部隊，放進鐵皮桶澆上汽油。黑煙滾滾升起，直到一切化為灰燼，我放任自己默默流著眼淚。

有一次，我問阿姨為什麼要帶我去她之前工作的地方。阿姨莫名其妙地回答說，她希望我成為不想笑的時候就不笑的人。我告訴她，我已經變成那樣的人了。這不是事實，我說了謊。我希望阿姨相信我，希望她覺得我取得成功，過上了與她不同的生活。我希望看到她露出認為自己是正確的微笑，希望她可以安心。

我退役後，就職於一間民航公司。飛機降落在金浦機場的時候，會飛過我小時候居住的地方。飛機快速飛過時，我總是會想像阿姨站在那裡，仰望我駕駛的飛機，然後對身邊年幼的我招一招手。我牽起阿姨的手，帶她來到駕駛室，向她展示至今為止我見過的美麗天空：好似明燈般近在咫尺的圓月、粉紅與翠綠相間的極光、閃耀在東方天際的金星，以及日出和日落時天空呈現出的萬般色彩。當我問阿姨想不想體驗一下開飛機時，她毫不遲疑地握住操縱桿。飛機越飛越高，穿過平流層、中氣層和增溫層，最後離開了外氣層。我們繞著地球的軌道觀賞星星。阿姨揮手對我說：「真是不枉此行。是時候道別了，妳回去吧，回去好好生活。」

古人相信天上有天堂，把夜空的星光視為天上的人在透過洞孔觀察世人。於他們而言，星光就是神的目光，或再也無法相見的人們的視線。

夜間飛行時，我時常會覺得阿姨就在遙遠的地方看著我。阿姨就在駕駛室、飛機、夜空和外氣層的另一端。稀薄的空氣和驟降的溫度，穿越大氣層後進入的宇宙。我很清楚天空的原貌，但在那一瞬間，我想起古人的信仰，想起他們相信並非在白日，而是在黑夜投向地面的視線。

消失與不會消失的

期男在行李轉盤前站了很久，因為在仁川機場托運的兩件行李只領到一件。一個小時過去後，轉盤空了，與期男同一班飛機抵達的旅客也都走光了，期男依舊焦慮不安地站在原地。

「有什麼事嗎？」

戴著紅色棒球帽的年輕女孩用韓文問道。期男說明情況後，女孩帶她來到失物招領處。排隊的時候，女孩問期男為什麼來香港。

「小女兒住在香港，我們有五年沒見了。」

「五年？」

「是啊。之前她住在美國，後來搬到香港了。」

「您是第一次來香港嗎？」

「嗯，第一次。」

期男還說有一個七歲的孫子叫麥可。也許是跟陌生人聊天略感尷尬，期男的話反而變多了。沒過多久，窗口的員工招了一下手。

女孩遞出期男的托運牌，用英文交流後，對期男說：

「您知道女兒家的地址嗎？他們一兩天內會把行李給您送過去。」

期男把寫有女兒家地址的便條紙遞給女孩。

「您別擔心。雖說這種事不常見，但偶爾還是會發生。」

貌似大學生的女孩對期男十分親切。初識的陌生人竟然能如此親切地提供幫助，不禁教期男略感驚訝。往入境大廳走的時候，兩個人又閒聊了幾句，期男緊張的心情稍稍得到了緩解。入境大廳的自動門打開後，期男看到了站在正前方的友敬和麥可。友敬向期男揮了揮手。「我看到女兒了，她在那裡。」

女孩一定無法想像在這麼短的時間裡，期男有多依賴和感激她。

「祝您在香港旅行愉快。」

女孩笑著與期男道別後，轉身走了。

「怎麼這麼慢啊？」

友敬問道。

「一個行李不見了……」

「麥可，快跟外婆問好。」

盯著期男的麥可點頭說了聲：

「外婆好。」

孩子靠近期男，抱住她的手臂。麥可出生後，期男只見過孩子一次，所以她很擔心孩子怕生或討厭自己。但在那一瞬間，所有的顧慮都消失了。麥可不會知道外婆有多想念他。

「這孩子見誰都不怕生。媽，把行李給我吧。」

三個人坐上計程車前往友敬家。韓國這幾天寒流來襲，下起了鵝毛大雪，香港的天氣卻很好。同樣是十二月，香港的冬天更像是韓國的深秋。坐在車裡，友敬問期男一路上怎麼樣，遺失的行李箱裡裝了什麼，有沒有需要馬上買的東西？期男一一回答問題的同時，視線始終沒有離開一直努力吸引她注意的麥可。麥可拉下口罩，向期男展示掉了的門牙，還挽住她的手臂，把頭靠在上面。靠在身上的小腦袋，那重量在期男的內心掀起了溫暖的波紋。

下了車就是高層公寓的入口，三個人搭電梯來到十七樓。同樣是L字型走廊式公寓，但比韓國公寓住的人家還多。友敬住在走廊的盡頭。打開玄關門，一個圍著圍裙、看似與友敬年紀相近的女生迎接了他們。

「傑恩！」

麥可跑上前，用英文跟女生講話。

「媽，她就是我們請的外傭，傑恩。」

「您好。」

傑恩點頭用韓文打了聲招呼，轉身進了廚房。期男早有聽聞，傑恩和友敬一家人生活了一年多。

走進玄關，走廊兩側各有一個房間，正前方還有一個房間。友敬打開走廊右側的房門。

「這是麥可的房間，有點小吧？妳把行李放這裡。」友敬說完，把期男的行李箱推進麥可的房間。麥可的房間擺放著書桌、單人床和一個塑膠收納櫃。房間比預想的還要小。麥可走進房間，友敬警告孩子說：

「從今天起外婆和你一起睡，你可不要吵到外婆喔。」

「我喜歡外婆！」

麥可說著，把臉貼在期男的手臂上。

「還有，這裡……」

友敬推開對面的房門。高至天花板的架子上堆滿了雜物。

「這是傑恩的房間。」

友敬帶期男來到客廳。沒讓期男參觀的房間應該是夫妻的臥房。客廳擺放著玻璃茶几、皮沙發和掛在牆上的電視。窗外可以看到小廣場和地鐵站。客廳與廚房之間有一張四人用餐桌。廚房一側似乎是洗衣房。

「這套公寓比洛杉磯的房子更貴。香港的房價都這樣。」

傑恩端來柳橙汁放在桌子上。「我是怕妳擔心，才說這些話的。我過得很好，詹姆斯到了這邊，事業也蒸蒸日上。」

友敬拿起柳橙汁喝了一口。

「我知道妳和詹姆斯相處不來，但這次是人家邀請妳來的。」

聽到詹姆斯去中國出差，隔天才回來，期男鬆了口氣。

當晚，友敬帶期男去了一間透過落地窗可以欣賞到香港夜景的餐廳。淋有酸甜醬汁的炸魚、燙過的蔬菜和香噴噴的雞蛋麵擺上餐桌，友敬阻止期男點可樂，幫她要了一壺茉莉花茶。期男默默地點了點頭。

坐在期男對面的友敬無論是妝髮，還是從頭到腳的穿搭都十分時尚。期男不禁覺得在餐廳的燈光下，一臉嚴肅的女兒有些陌生。

友敬高中畢業後赴美留學，在美國讀完大學，找了一份與電腦有關的工作。二十幾歲的時候與僑胞詹姆斯結婚，生下了麥可。去美國以後，友敬單方面地與韓國的家人保持距離，就連對十分寵愛她的父親也很冷漠，更不要說對姊姊珍敬了。

「我姊最近在做什麼？」

「在研究所工作。」

「研究所的人知道嗎？」

「知道什麼？」

「還能有什麼。」

友敬冷笑了一下。

「她也不想那樣。」

聽到期男這樣講，友敬放下水杯說：

「她都四十二歲了，妳還把她當孩子啊？」

「妳怎麼能這麼說妳姊。」

期男故作淡定地說：

「她是生病了。」

友敬立刻轉移話題，聊起搬到香港以後，換過兩次外傭和麥可上學的事……友敬滔滔不絕期間，期男仍沒有擺脫剛才對話的餘波。

香港夜晚的街道飄起了細雨。小時候，期男一直很好奇香港的夜景有多美、多絢麗，因為廣播和電視裡的人都在稱讚香港的夜景。果不其然，期男第一次看到如此光彩耀眼的夜景。高樓大廈、照明和燈光秀……高層建築利用不停變換的燈光呈現出形形色色的圖樣。期男從未想像過，有生之年可以看到如此絢麗奪目的風景，就像她人生中發生的所有事一樣。

友敬的家很冷。即使蓋了張薄棉被，還是覺得涼颼颼的。期男起身，穿上掛在衣架上的羽絨衣，愣愣地站在原地看著麥可熟睡的小臉。孩子睡得很熟。期男就像夜晚望著篝火的人一樣，久久地望著孩子，躺了回去。

平時只要半顆安眠藥就能入睡，那天卻怎麼也睡不著。從小就是這樣，不過隨著年紀增長，越來越容易驚醒。哪怕是很小的聲音，期男也會醒來很多次，睡得始終很輕。早上五點，眼睛睜開後就再也睡不著了。期男去廁所小便，照了照鏡子，布滿血絲的眼睛。她用手指梳了一下頭髮，幾根頭髮從指縫脫落而下。

期男看了半天鏡子中的自己，這才發現常常佩戴的小圓形金耳環不見了。因為是鎖珠式耳環，若不摘下來是不會輕易掉的，更何況掉也不會兩支一起掉下來。期男取出手機，看了一下昨晚友敬在餐廳幫她拍的照片。明明昨晚還戴著耳環。期男找遍了廁所的置物架、手提包和昨天穿過的褲子和羽絨衣口袋，始終不見耳環。幾個小時過後，吃早餐時，期男對友敬說：

「我的耳環不見了。」

「肯定放在哪裡了。」

友敬一邊吃著土司麵包，一邊說。

「我沒摘下來……找了一遍也沒有。」

期男的話音剛落，友敬立刻用英文對站在洗碗槽前的傑恩說了什麼。期男聽不懂，但可以感受到冰冷、尖銳的語氣。傑恩邊回答邊搖頭，友敬的聲音更大了。麥可用英文對友敬說了什麼，友敬這才安靜下來。廚房的空氣裡充斥著緊張感。

「媽，耳環怎麼可能自己掉下來呢？肯定是妳摘下來放在哪裡了。妳小心一點，家裡還有外人在……」

「什麼意思？」

「我是要妳提防點外人。」

期男看到麥可臉上的笑容消失了。期男強顏歡笑，跟麥可東聊西聊了幾句，友敬也像沒事人似地加入了他們的對話。期男默默看著傑恩整理廚房的背影。麥可吃完早餐，傑恩拿起書包，送他去上學。期男見餐具丟在洗碗槽裡，往廚房走去。

「媽，妳放著別管，那是外傭的工作。」

「也沒多少……」

「媽，妳這樣，傑恩也很難做。還有，傑恩送什麼來，也不用連聲道謝。不用對外傭那麼好。妳總是這樣。」

期男沒說什麼，放下洗碗海綿走回了房間。來香港還不到一天，期男就感覺精疲力盡。可能友敬也是如此。因為期男來玩，友敬請了週四和週五兩天假，這樣加上週末就有四天的時間。友敬打算今天帶期男去幾個觀光景點。期男關上房門，吃了高血脂、高血壓和抗憂鬱的藥，又分別滴了兩種眼藥水。期男待心情平復，開始準備外出。為了討好友敬，她選了一件奶白色的針織洋裝，穿了絲襪，外面套了一件黑色的羽絨衣，搭配熬夜用毛線織的手提包，最後塗上粉紅色的口紅，戴上口罩走出房間。傑恩的房門開著，期男看到友敬正在翻抽屜裡的東西。友敬找出一把黑色的長雨傘遞給期男說：

「得找時間整理一下這個房間，搬家的東西只拆了幾個箱子而已。」

傑恩的被褥整整齊齊地擺在地上。

小時候，期男的房間就在廚房隔壁。那個房間有兩扇門，一扇通往後院，另一扇是與廚房相連的拉門。通往後院的門可以鎖上，但人人都可以打開與廚房相連的拉門。直到現在，每逢冬天，期男的一顆心都會沉下來，因為身體始終記得那個房間的寒冷，以及那戶人家給她帶來的痛苦。夢裡，期男也會回到那個房間。已經過去五十多年了，期男仍以現在的年紀活在那個房間裡。

期男從九歲開始做保母。她負責清理除自己以外七口人的飯桌、洗碗、掃地和擦地，沒過多久又加入了洗衣服和煮飯的工作。儘管如此，期男還是覺得自己與其他保母不同。哪有人會送保母去上學呢？鄰居看到期男，都會叫她權老闆家的保母。權老闆家共有四個子女，只有比期男小三歲的老么會開朗地叫她保母姐姐，其他人則直呼她的大名。

小時候的期男十分渴望歸屬感，她覺得只要盡心盡力做事，就有可能成為權老闆的家庭成員。無論聽到什麼話，遇到怎樣的待遇，她都會努力往好的方向去想，因為這樣欺騙自己比承認孤身一人更容易。隨著時間的推移，期男才漸漸地接受了自己在他們眼中什麼都不是的事實。

小學畢業後，期男開始在權老闆的工廠食堂做事，她和一個人稱金女士的女人負責為工廠三十多名工人煮飯。金女士駝背嚴重，但手腳俐落，是一個氣勢很強的女人。金女士說，八個子女都已撫養長大、自立門戶了，現在不出來工作，反而覺得身體不舒服。期男失誤的話，金女士就會大發雷霆。金女士不愛講話也不愛笑，所以起初期男一點也不喜歡她。當聽到期男說，多虧了權老闆夫婦的照顧，她才能上小學時，女人吞雲吐霧地反問道：「多虧了他們？妳在這裡工作，他們都沒給妳薪水吧？權老闆讓妳念書，那是因為他愛面子，不好意思只使喚妳這個小孩。」

第一次聽到這種話，期男產生了反感情緒。

「權老闆可不會做虧本的生意。他哪是心地善良扶養妳啊，我看到是你們家把妳廉價賣給他的。」

金女士還說，期男的父母和權老闆一樣有錢，他們只是不想扶養期男，因為無法忍受接連生下六個女兒的事實，最後廉價把她賣給了權老闆。

「披著人皮做那種事，早晚會遭報應……」

女人嘖嘖咂舌，剝著蒜皮。一開始，期男聽到這些話還很反感，但遇到金女士以後，她才學會用另一種視角去看權老闆一家人。他們不愁吃穿，卻十分吝嗇。寒冬臘月也不給期男的房間燒地暖，擅自打開期男的房門，什麼事都使喚期男去做。他們總是戰戰兢兢地生怕期男多吃一口肉，寧可水果爛掉，也不給期男吃。期男對這些事心知肚明，但仍一直努力說服自己，他們也有不為人知的苦衷。因為承認他們利用自己只會更加痛苦。認識金女士以後，期男剷除了自欺欺人的根源，鼓起勇氣向金老闆要了薪水。時間經過，期男對權老闆產生了深深的憤怒。這種憤怒成了期男的一劑良藥。

✷

上了船，感覺就像走進了巨大的水晶球。船隨波逐流，兩岸都是密密麻麻的高樓大廈，一點也不像現實中的風景。友敬的頭髮隨風搖曳。在期男眼中，女兒一直都是距離自己最遠的那個人，即使是在物理上距離很近的時候也是如此。

友敬是在珍敬八歲那年出生的。有別於怕生、安靜的珍敬，友敬是一個活潑、樂觀的孩子。在小巷跟比自己大的孩子玩耍時，友敬也要當隊長。正因為這樣，丈夫特別偏愛友敬。丈夫從不稱讚珍敬，對她十分嚴格，對友敬卻很溫柔，而且喜歡當著珍敬的面稱讚友敬。姊妹倆發生爭執時，丈夫總是輕言判斷是姊姊的錯。友敬玩耍受了傷，丈夫也會大發雷霆地斥責姊姊沒有顧好妹妹。每當這時，珍敬只會說：「爸爸，對不起，是我的錯。」珍敬一直做好了道歉的準備。

那件事發生在珍敬攻讀博士、友敬念高三的時候。有一天晚上，珍敬從二樓的樓梯滾了下來。她喝酒回到家，上樓時一腳踩空了。期男聽到友敬的大叫聲跑來時，珍敬的額頭磕破，還流了很多血。珍敬喝得酩酊大醉，連眼睛都睜不開。酒氣撲鼻而來。

「她這是酒精中毒！」

隔天，一家人坐在一起吃晚飯時，友敬說道。期男覺得友敬是在胡說八道。在期男眼中，珍敬是一個老實、聰明的女兒。她在研究所負責專案，週末也去上班。女兒從不酒後鬧事，也會在規定的十二點前回家。就算她經常喝醉後回家，但二十幾歲的年輕人難免會和同事們聚餐啊。

「友敬說得沒錯。」珍敬說完，垂下了頭。

「妳到底是怎麼教育孩子的！」

丈夫衝著期男大喊道。

「妳是想毀了孩子是吧？」

「爸！」

珍敬叫住他。

「這件事跟媽媽沒有關係，是我自己的問題。」

「妳還有臉跟我喊？」

「對不起，都是我的錯。」

珍敬的話還沒說完，友敬就起身回房間了。

「我是怎麼養大妳的？我辛辛苦苦賺錢供妳讀到博士，結果妳就這麼報答我？」

「對不起。」

「馬上收拾行李搬出去！」

「對不起。爸，對不起。」

如果堅持挽留珍敬、說服丈夫的話，結果就會不一樣了嗎？那時的期男斷定自己阻止不了丈夫。但真的是因為這種理由嗎……期男看著蕩漾的海面回想，那時的自己難道不是在迴避丈夫與珍敬之前的矛盾嗎？難道不是想假藉無法說服丈夫為由，讓珍敬在丈夫眼前消失嗎？因為她知道這是最簡單的方法。

珍敬搬出去以後，丈夫變得比之前溫和多了。再也看不到他在餐桌上發牢騷或暴怒以後，家裡也迎來和平。沒過多久，友敬去了美國。友敬再沒回韓國，也很少邀請家人去美國，唯一一次邀請全家人去美國是參加她的婚禮。

友敬比任何人都無法接受珍敬酒精中毒的樣子。起初友敬也很生氣，也會斥責珍敬，但去美國以後，她就當沒有珍敬這個人一樣，每次提起珍敬都是冷嘲熱諷的態度。正因為這樣，五年前友敬邀請珍敬和期男去美國就顯得更加特別了。那是丈夫去世半年後的事。

船到了對面的碼頭。

「我們坐一會兒再走吧？」

期男提議，友敬點了點頭。兩個人坐在長椅上，望著金光閃閃的藍天和大海。

「妳最近也去桌球館嗎？」友敬問道。

「每天都去。多虧有做運動，身體漸好，才能來這裡。」

「去多久了？」

「五年。上次從美國回來就去報名了。」

期男看著友敬。友敬身後緩緩西下的太陽散發著光芒，因為太過耀眼，期男瞇起眼睛，用手遮擋著陽光。

「托妳的福，我才能看到這樣的景色。美國和香港，要不是妳，我哪能欣賞到這樣的景色啊。」

「哪裡的景色還不都一樣。」

聽到女兒的回答，期男很想問她為什麼不能留在韓國生活。

「要是珍敬也能一起……」

「她在美國那麼丟人，妳還想著她？」

期男默不作聲。

五年前，友敬邀請她們去美國的時候，珍敬沒有住在友敬家裡。她住在在美國留學的同學家裡，十天時間只去過兩次友敬家。期男和珍敬到美國的隔天，友敬請她們吃了晚餐。在陌生人眼裡，她們的用餐氣氛十分愉快。但期男聽著兩個女兒彬彬有禮的對話，不禁感到傷心，她可以看出兩個女兒都在努力不交流任何感情。

去美國的時候，珍敬已經戒酒很長一段時間了。在她身上再也聞不到混雜著香水味的酒氣，而且那時的珍敬也因戒酒恢復了自信。珍敬在友敬家一口酒也沒碰。期男小心翼翼地對友敬說，珍敬已經戒酒快半年了，但友敬不相信。

那天是她們準備回國的前一天。友敬邀請珍敬來家裡吃晚餐。珍敬剛進門，期男就聞到了很長一段時間沒有聞到的氣味，隱藏在濃烈香水味中的酒氣……但除了氣味，從珍敬的言行根本看不出她有喝酒，友敬也沒有發現。期男心驚膽顫地把珍敬拉到一邊，避免她靠近友敬。

詹姆斯把大家叫到客廳，說要給大家看一看他和合夥人去波札那度假時拍的照片。詹姆斯打開電視，開始一張接一張地講解起照片。都是手機拍的而已。飛機上拍的藍天、酒店大廳的合照、食物和在地人……還有豎起大拇指的詹姆斯和一個中年白人站在滿是灰塵的大汽車前的照片，以及草原的風景。

「你們看這張。」

詹姆斯爽朗地笑著看向期男。只見畫面中，一頭大象倒在地上。詹姆斯和兩個白人男人手裡拿著長槍，笑呵呵地站在象頭前。詹姆斯接連播放了幾張從不同角度拍攝的大象，近距離、遠距離和滿面是血的臉部特寫……期男沒有看接連播放的「紀念照」，而是把視線固定在電視畫面的一角。

「那是什麼？後、後面……」

友敬指著畫面問道。

「啊，那個。反正母象死了，小象也沒法活，所以我就開了槍。」

詹姆斯的話音剛落，珍敬站了起來，只見紫色的液體從她捂住嘴巴的指縫間流了出來。珍敬吐了。友敬抓起沙發上的浴巾走向珍敬，她走到珍敬面前，跪在地上擦起了掉在奶白色羊毛地毯上的紫色液體。緩過神來的期男趕快取來桌子上的紙巾，幫珍敬擦乾淨臉和手。珍敬充血的雙眼，紅紅的臉頰、脖子和耳朵……期男仍記得那天天花板的風扇轉動的聲響。因為珍敬空腹喝了很多紅酒，吐出的只有紫色的液體。

「看來是太累了……加上有時差。」

期男紅著臉呢喃的時候，珍敬去了廁所。友珍開口說：

「李珍敬是不是還在喝酒？」

友敬的問話讓期男的雙頰、後背和胸口好似火燎般炙熱、刺痛。期男猛然間回頭，看到詹姆斯正雙手抱胸看著她。詹姆斯身後，可以看到倒在血泊中的小象和三個站在牠旁邊咧嘴大笑的男人。

「她是不是還喝酒？」

期男看著友敬搖了搖頭。

「那這是什麼？」

友敬把浴巾丟在期男面前，轉身走了。奶白色的地毯上紫色污漬清晰可見。期男用紙巾擦起了地毯。

「別擦了。」

詹姆斯說道。

「不用管，您坐著休息一會兒吧。」

詹姆斯關掉電視，走到期男對面的沙發坐下，拿出手機看了一眼。窗外幾個騎腳踏車的孩子一閃而過。期男靜靜地坐著，感覺全身的血液沿著腳底流走了。過了一會兒，珍敬從廁所出來，她可能是想洗掉污漬，洋裝前面一片溼漉漉的。

「我先走了。」

「這麼快就走？」

詹姆斯笑著，揮了揮手。

「需要我幫妳叫車嗎？」

「詹姆斯！」

珍敬壓低聲音叫了他一聲。詹姆斯臉上的微笑消失了。期男起身抓住珍敬的手臂，雖然沒說什麼，但珍敬讀懂了她的意思，淡定地說：

「不用了。媽，我先走了，不用跟出來。我們明天機場見。」

期男默默地看著珍敬拿著包離開的背影。

即使沒有人再提起這件事，但在友敬和期男的沉默中，這件事始終沒有消失，一直都清晰地存在著。

＊

期男和友敬度過一天回到家反而失眠了，多吃了半顆安眠藥也不見效果。期男聽到玄關的開門聲，凌晨一點，門縫透進一道光亮。

走廊傳來友敬和詹姆斯的交談聲。詹姆斯從中國出差回來了。平時都用韓文交流的兩個人不知為何講起了英文。雖然聽不懂他們在說什麼，但氣氛明顯不太對勁。期男透過友敬的聲音察覺到她對某件事感到不滿，語氣中夾帶著在向丈夫訴苦的感覺。難道是因為剛才提起了珍敬……但這有什麼不能講的呢？友敬和詹姆斯講了半個多小時的話才回房間。期男輾轉反側了一陣子才睡著。

期男醒來時，麥可正在一旁看著她。

「外婆。」

「嗯。」

「妳做夢了？」

「好像是……」

「很難過？」

期男靜靜地看著麥可。

「有一點難過。」

「沒關係。只是做夢而已。」

孩子咧嘴一笑。麥可是一個似玻璃球般漂亮的小孩。只相處幾日，期男已經對孩子產生了很深的感情。

「今天玩得開心就好。」

「嗯。」

「我們講好囉。」

「嗯。」

期男和麥可來到客廳，友敬正在廚房切芒果。

「傑恩呢？」

期男問道。

「她週末不在家。」

「那她住在哪裡？」

「我怎麼知道。肯定有地方過夜吧。」

期男無法理解友敬的冷漠無情。友敬一直都是這樣。小時候，她很喜歡的老師到了隔年就變成了陌生人。當期男問她：「妳不想那個老師嗎？」友敬的回答是：「我為什麼要想他？」青春期的友敬還指責期男，說她太重感情、太依賴別人。「麥可，爸爸昨晚回來了。但他很忙，今天一早就出門了。」

麥可用英文簡短地回了一句，然後坐在餐桌前拿起叉子吃起了芒果。

「媽，妳的行李箱還沒消息，要是裡面有什麼貴重物品可怎麼辦？」

那個行李箱裡都是給友敬一家人帶的禮物。聽友敬說麥可喜歡龜，期男就開始收集起各種龜的娃娃、玩具、貼紙和繪本。這些東西都在那個沒有到達的行李箱裡。

期男、友敬和麥可搭計程車來到纜車站。麥可介紹說，等一下要搭的是亞洲最長的纜車。纜車將在二十五分鐘內橫跨大海，抵達對岸青銅佛像和寺廟所在的小島。

可能是因為很早的關係，排隊的人並不多。沒過多久，期男一行人上了纜車。纜車快速離開月臺，在空中移動。腳底是透明的玻璃，讓人切實感受到纜車的高度。一開始期男緊張到渾身發麻，但等到溫暖的陽光照進車廂，身體便放鬆了下來。纜車快速地在海面上移動，一望無際的遠海映入眼簾。在清晨陽光的照射下，海面就像皺巴巴的玻璃紙閃閃發光。

「外婆，妳知道海龜可以活到幾歲嗎？」

「嗯……一百歲？」

「亞達伯拉象龜可以活到一百五十歲。一隻名叫阿爾達布拉的象龜超過了兩百歲！」

麥可一臉欣慰的表情，就像在跟期男誇耀非常了不起的朋友似的。與麥可相處的這幾天，期男了解到很多關於龜的事。陸龜、海龜和溼地龜的差異，龜的肺部可以起到魚鰾的作用……麥可不厭其煩地講著烏龜的故事。看到麥可輕鬆道出與龜有關的、難懂的專業名稱，期男久違地感受到了心潮澎湃，因為她對麥可如何成長和未來的經歷充滿了期待。若麥可是一個喜歡探索的孩子，那麼對他而言，這個世界就是一個充滿各種驚人發現、值得探索的地方。麥可靠在期男懷裡睡著了，期男把目光移到戴著淡棕色太陽眼鏡、默默坐在對面望著窗外的友敬身上。友敬邀請期男來香港的時候，期男既高興，同時也鬆了一口氣。她本來不想聲張，但還是沒有按耐住激動的心情，向一起打球的朋友炫耀了要去女兒家玩的事。偶爾友敬打視訊電話，或傳來麥可的照片時，期男也會告訴一起打球的朋友，還把孫子的照片拿給人家看。期男總吹噓與女兒的關係很親密，因為她說不出口女兒比任何人都難以相處。

這次香港遊也是如此。不知從何時起，期男開始害怕在友敬面前失誤。哪怕是閒話家常，她也害怕自己講錯話。第一天，友敬還會問東問西延續話題，但之後她的話越來越少了。期男原本還很期待可以透過這次的旅行拉近與女兒的距離，但顯然她的期望過高了。女兒願意邀請她來香港就已經謝天謝地，怎麼還能期待更多的事呢？

友敬從小喜歡父親多過母親，但過去至少不存在現在這種距離感。每當獨自回想母女關係是從何時變成這樣的時候，期男就會像無助的孩子一樣落下眼淚。偶爾能想起過去與友敬之間的一些矛盾，可顯然那都不是真正的理由。每次聽到一起打球的朋友說「最後剩下的就只有家人」時，期男故作淡然，在回家的路上，心情卻很複雜，因為友敬連父親的葬禮都沒有參加。

丈夫是白手起家的企業家，葬禮卻冷清得教人難以置信。事業沒落以後，幾乎沒有人再來找過丈夫。最令丈夫傷心的，是幾乎與家裡斷了往來的友敬。丈夫認為是自己失去了以往的名聲與財富，所以連女兒也開始迴避他。但這不是事實，因為即使是在丈夫飛黃騰達的時候，友敬也在與家人保持距離。

不知過了多久，期男看到正前方巨大的佛像。坐禪的佛像一手垂放於膝上，另一隻手舒展五指，手掌向前。蓮華寶座環繞佛像，背後是一望無際的藍天，感覺佛像就如同漂浮在空中。

「真不知道麥可像誰，這麼愛睡覺。」

友敬看著靠在期男懷裡熟睡的麥可說。

「妳小時候也很愛睡覺。」

「我嗎？」

「嗯。我沒見過像妳那麼愛睡覺的孩子。」

「我不記得了。」

「怎麼會不記得呢？妳小時候在公車上睡著，車都開進車庫了還沒醒。妳太小，司機都沒發現妳……」

「媽，妳再說就一百遍了。」

友敬從包裡取出手機傳訊息給某個人。那天的事，期男記憶猶新。到時間也不見孩子回家，期男擔心死了。看到孩子很晚回，這才鬆了一口氣……那時友敬才十一歲。在期男的記憶裡，從沒提過這件事。她剛要開口，友敬的電話響了。

「我們在坐纜車。嗯，麥可睡著了。我們先逛一圈，等會兒去參加潔西卡的生日派對。是的，媽媽很好。您去醫院了嗎？那我就放心了。您別一直弄院子了，手腕會痛的。

啊……我很好。現在和媽媽在一起。好的，我再打給您。」

友敬把手機放回包裡。

「麥可奶奶？」

「嗯。」

「她那邊現在幾點？」

期男很想隱藏自己的情緒。友敬語氣透露的親密感，當著自己的面不方便講電話的態度，以及不用解釋潔西卡是誰的日常共享刺痛了期男的心。期男在友敬的婚禮上第一次見到親家母。身材高挑，身穿漂亮洋裝的親家母與期男交談時，深情地望著她的雙眼。期男可以感受到她是一個內心堅定且性情隨和的人。友敬和她在一起時，表情也舒展開了。看到友敬很自然地挽住親家母的手臂時，期男意識到她永遠地失去了這個孩子。親家母身上存在著自己沒有的某種東西。雖然不知道那是什麼，但很明顯，那不是靠努力就可以得到的。

纜車到站。剛睡醒的麥可抱住友敬的手臂撒嬌說：「媽，我冷，好冷啊。」期男摘下脖子上的薄圍巾圍在麥可的脖子上。坐了二十多分鐘的纜車，身上有了寒氣，風也變涼了。期男蜷縮著身子往寺廟走去，必須上二百六十八個石階才能走到青銅佛像前。麥可像小松鼠一樣，在石階上蹦蹦跳跳。

走上石階，一望無際的大海映入眼簾。涼爽的海風，身體也變熱了。友敬和麥可夾在人群中，順時針繞著佛像走了一圈。兩個人走在前面，遊客與期男擦肩而過。大家講著期男聽不懂的語言，一邊拍照一邊仰望佛像。漫步前行的期男看到友敬和麥可，他們停下來等她。

「我們在這裡拍張照片吧。」

友敬遞出手機，請路人幫忙拍了一張照片。友敬站在中間，雙手搭在麥可和期男的肩膀上。期男很想留住友敬把手搭在肩膀上的瞬間。照片中的三個人笑得就像全世界最幸福的一家人。

繞佛像走了一圈後，三個人來到佛像下面供奉佛陀真身舍利的地方。麥可問舍利是什麼，友敬解釋說，是火化屍體後留下的珠子。期男看到麥可嚇了一跳，心裡有些放心不下。觀賞過真身舍利後，又參觀了寺廟，還吃了冰淇淋。不知不覺就到了該返回的時間。

「媽，妳是想直接回家，還是一個人逛逛？」

友敬說要帶麥可去參加同學的生日派對。友敬對於丟下期男一個人很過意不去，期男卻鬆了一口氣。因為比起和友敬在一起，她覺得自己一個人更舒心。小範圍逛一逛應該不會迷路。三個人提早在寺廟附近吃了魚粥，便搭計程車返回市區。下車的地方後面可以看到大海和摩天輪。

「那我們五點鐘在這裡碰面。周圍什麼都有，應該很容易找到這裡。過了天橋就是購物中心。妳慢慢逛，有事就打電話。」

「玩得開心，外婆！」

「嗯，你也玩得開心！」

麥可和友敬走後，期男沿著海岸線散步。期男的心情不錯，但體力不支，途中幾次得坐在長椅上休息。陰天了，風卻很暖，感覺就像韓國的春天。期男用手機拍下四周的風景：摩天輪、大海和天空……也許是因為和友敬在一起的時候很緊張，一個人放鬆下來，全身都無力了。期男不敢相信自己身處香港的碼頭，感覺眼前的大海就和江一樣。

小時候，期男懷揣的最甜美的夢想是毫無苦痛地死去，在世界上消失。沒有比這種想像更能帶給她安慰了。五歲的珍敬就這樣走進期男的世界，三年後友敬出生了。越是愛兩個孩子，死亡越是從安慰變成了恐懼。現在期男不再恐懼，因為孩子們都長大了，而且當內心莫名感到淒涼時，反倒確信自己的消失會帶給孩子們自由。期男經常把荒謬一詞掛在嘴邊。不知道針對什麼，她經常這樣自言自語。荒謬……真荒謬……

期男毫無目的地走著。想上廁所的期男走進購物中心，看到三名女子正在一樓的大廳打桌球。短髮的年輕女子與對面兩個人對打，她的姿勢專業，球技也很不錯，對面的兩個人感覺也不是新手。期男看得入神而忘了上廁所，不知不覺走近她們。過了一會兒，短髮女子對期男說了什麼。她見期男聽不懂，又用英文問了一遍，但期男還是聽不懂。

「I'm Sorry。」

另一個女子笑著做出打球的手勢，慢慢地發音說：

「Game?」

期男聽懂後，點了點頭。短髮的女子取來球拍遞給期男，期男脫下外衣和包包放在窗邊，還熱了一下身。三個女子開心地用廣東語聊著天。兩人一組，期男先發球，比賽開始了。每次期男得分時，同一組的高個子女生就會大聲歡呼，期男也笑出聲來。這還是期男到香港後第一次開心大笑。連打三局後，期男出了一身汗。期男穿上外衣。

「Thank you, Thank you.」

期男接連對她們說：

「Thank you, Thank you.」

同一組的女生把雙手搭在期男的肩膀上，用廣東語說了什麼，就像確信期男可以聽懂她的話一樣。女生的目光親切，期男看著她的雙眼，眼眶莫名地紅了。女生把剛才用的橙色乒乓球放進期男的外衣口袋裡。

「Thank you.」

女生說著，緊緊地擁抱了一下期男，其他兩個人也走來，用力抱了她一下。期男好久沒有像這樣擁抱過誰，擁抱小時候的珍敬和友敬就是全部了。陌生人的擁抱給期男帶來了意想不到的溫暖，她決定把這份美好的記憶當作祕密留在心底。

期男離開購物中心，繼續沿著海邊走。大概走了很遠，摩天輪看起來變小了。期男望著大海散步。關於大海，她知道的並不多。例如，遙遠的月亮可以讓眼前的大海波濤洶湧，迷路的海龜也會溺死在海裡。期男回想起自己不知道的事情，隨即熟悉的痛症在胸口蔓延開來。遠處傳來合唱聲。

期男追隨歌聲而去，只見在摩天輪附近，幾個年輕人手持麥克風唱著聖誕歌。人們三五成群地聚在一起觀看表演，期男摸著口袋裡的乒乓球，聽著正在演唱的歌曲。聽歌的時候，期男下意識返回徘徊於明洞街頭的那一天。那一天彷彿近在咫尺，但其實已經過去四十年了。

那年剛滿二十歲的期男接到一個女人打來的電話，她介紹自己是期男的大姊。

「我們……」

女人說到這裡，清了一下嗓子。

「我們欠妳太多。畢竟我們是一家人。」大姊說父親去年去世了，邀請她參加生母的生日宴。生日宴將於晚上七點，辦在明洞飯店的中餐廳。期男掛掉電話，思考了很久。要如何面對那些廉價賣掉自己的人呢？為什麼現在聯繫自己呢？但自稱大姊的女人說欠她很多的時候，期男從她的言語中看到了小小的希望。也許他們對拋棄自己感到內疚，也許他們是想當面道歉，所以才會邀請「畢竟是一家人」的自己。

期男不願在他們面前顯得寒酸，於是第一次燙了頭，咬牙買下一雙鹿皮的短靴。唯有蒼天知道她走到餐廳門口需要多大的勇氣。期男很緊張也很害怕，同時也懷揣著希望。

中餐廳位於飯店的最頂層。服務生帶期男來到包廂門口，拉門一開，正面坐著身穿淡綠色韓服的老人，她的兩側是年輕男人們。他們身後可以看到窗外的高層建築和街道。包廂裡擺著五張鋪著白色桌布的圓桌，圍坐在餐桌前的賓客們大聲喧嘩。一個女人朝愣在原地的期男走來。

「妳就是期男吧？」

「嗯……」

「怎麼這麼晚才來，不是告訴妳六點前要到嗎？」

「妳明明說七點……」

「大家快看！」

女人大聲喊道，喧嘩聲沒有停止。

「期男來了！」

四周這才安靜下來。僅僅是走到餐桌的幾秒鐘，期男就已感受到在場的人並不歡迎自己，他們都因自己的出現而不自在，自己成了不速之客。

「媽，期男來了。」

老人面無表情地看著期男。即使老人面無表情，眉間深深的皺紋還是讓她看起來愁眉苦臉。下垂的嘴角，就算化了妝，氣色依然面如死灰。老人看起來就像一個忘記了怎麼微笑的人。

期男想像了很久，若有一天見到生母會是怎樣的心情。是生氣，還是高興？會掉眼淚，還是怨恨她？會覺得幸福嗎？當然，她也很好奇生母作何反應。無論如何期男都覺得面對自己拋棄的女兒，生母一定會出現情緒上的動搖。然而，老人卻無動於衷，一點也不在乎面前的期男。期男往餐桌走去時，老人身邊的年輕男子就只是大聲咀嚼著食物。期男一下子就猜到那個人是誰了。

期男咬著嘴唇，向老人行了禮。她怕開口說出「我是期男」，或道出任何一個字都會哭出來，所以一句話也沒說。

「媽，妳倒是說句話啊。」

女人催促道。老人用手帕擦了一下嘴，看著女人說：

「我有什麼話好跟她說的。妳就沒事找事，讓我頭疼。」

期男心裡存在著無法消失的房間。無論何時，只要打開那扇門，期男就能感受到那一瞬間。那天的記憶也是如此。所有的一切都歷歷在目：中餐廳的味道、餐具的形狀、食物的種類、老人身旁的年輕男子，也就是老人的兒子身穿的衣服，和自稱大姊的女人的表情。一輩子，期男打開過那扇門無數次。每次開門，記憶的細節就會一點點地消失，彷彿永遠都不會消失的痛楚也漸漸淡去了。儘管如此，打開那扇門時，仍有一些東西沒有消失，冰冷、堅固、沉重的什麼依然還留在那裡。老人不情願地說完話，夾起食物放進兒子的碗裡，自己也動嘴咀嚼起了食物。期男吃了一小口擺在面前的炒飯，直接起身走出了餐廳。身後傳來女人的叫喊，但聲音愈漸愈遠了。

期男走在人潮擁擠的明洞街頭，走在充斥著歡快音樂、霓虹閃爍的大街上，不禁覺得自己活到現在是一件很不自然的事。那時，戲院門前的年輕人正在合唱聖誕歌。期男夾在人群中，聽完了整首。美好的歌聲把期男從這個世界驅趕出境了。如果駛來的公車可以撞倒我……從小反覆想像的事情正以具體的輪廓逼近期男。

生母在期男結婚的前一年去世。自稱大姊的女人偶爾打電話傳達各種消息，但不知從何時起，再無任何消息了。若女人還活著，應該已年過八旬，想必她應該已經死了。因為只要她還活著，就一定會想方設法聯繫期男。難道女人不知道自己的魯莽舉動扒開了期男長久以來的傷口，侵犯了她安寧的日常嗎？難道她是想以此來確認自己過得比期男好嗎？期男經常會思考這些問題。

＊

看完表演，期男離開了現場。散步、打桌球、看表演，不知不覺已經三點多了。期男經過摩天輪，走過天橋往盡頭的購物中心走去。

購物中心就像一個巨大的甜甜圈，中間有一個四邊形的洞。從天花板到地面，掛著用金線串連的紅光閃爍圓球和白色雪花形狀的吊飾。期男用手機拍下眼前美麗的裝飾，然後把手機放進包包裡。從二樓望向一樓，可以看到帶著孩子的人們正在跟聖誕樹和巨大的熊玩偶拍照。看到帶孩子一起出行的年輕人，期男想起了帶著年幼的珍敬去首爾大公園的那一天。

那是一個溫暖的五月午後。纜車橫跨首爾大公園碧綠的湖面時，珍敬緊緊閉上了雙眼。期男看了一眼珍敬，轉頭看向前方。眼前的世界是一片淡綠，舒服的春風拂過臉龐。當時珍敬八歲，友敬還在期男的腹中。那時的期男……只有二十幾歲。

丈夫是期男所在工廠交易公司的員工，他每次去工廠的時候都會送期男一份小禮物。他送的羊羹、鮮奶麵包和花生等等都讓期男很感動。

期男在工廠後院拿著棍子燒垃圾的時候，他就會走到期男身邊講自己的事。關於自己第一次失敗的婚姻，和前妻是一個多麼無情、狠毒的女人，以及剛滿五歲的女兒珍敬多麼需要母愛……期男相信了他的話。因為他的坦誠相見，期男也如實地回答了他提出的所有問題。期男並不知道作為敞開心扉、展示傷口的代價，丈夫會一輩子把這些事當成她的弱點說三道四。

與珍敬一起搭纜車橫跨碧綠的湖面時，期男承認了自己當時沒有離開他和珍敬的勇氣。她認為自己做了最好的選擇。即使不欺騙自己，當時的期男又能做什麼呢？期男已經愛上珍敬了。

在遇到珍敬以前，期男遇到的人們就只是在向她索取。哪怕是一點點善意，也希望得到雙倍，乃至更多的回報。期男以為人生本來就是這樣。期男說打算結婚搬走的時候，權老闆一家人罵她忘恩負義，還說就不應該收養別人家的小孩。聽到這些話，期男一點也不驚訝，因為人生就是這樣。

「我很開心妳是我的媽媽。」

珍敬用小手摸著期男的臉頰說道。道出這句話的孩子眼裡含著淚，內心隱藏著期男不知道的悲傷。孩子近似於祈禱的迫切之情中也蘊含著對期男的愛。

與珍敬一起生活沒多久的冬天，期男準備外出時，看到珍敬蹲在鞋櫃旁。打算穿的鞋子不在鞋櫃裡，珍敬從懷裡取出期男的鞋子。

「媽，別凍著腳。」

一起外出時，期男嘟囔了幾次腳冷，珍敬把她的話記在了心裡。珍敬想把自己擁有的一切都給期男，甚至還會因為無法給予更多而難過。幼稚園的養樂多、漂亮的楓葉、綠色的小石子和身穿公主裙、頭頂王冠、眼裡閃著星星的期男畫像，以及睡前的一個吻和暫別後重逢時的笑臉……透過珍敬，期男知道了世界上還存在著這樣的一顆心。期男緊緊地抓住這顆心，就算失去一切，她也不想失去這顆心。

期男走進一家大型玩具店，店裡就像另一個世界。期男快步穿行於孩子之間，把手掌大的海龜玩偶和小公仔放進購物籃，走到收銀臺前。準備付款時，期男才發現身上的包包不見了。斜挎包不可能輕易從身上掉下來，況且用鉤針編織的帶子也不可能輕易鬆開。

「I'm Sorry.」期男把購物籃放在收銀臺上，在店裡找了一遍也沒看到包包。期男走到大街上四處尋找，卻無法問路人有沒有看到自己的包包。手機在包裡，也沒辦法打電話給友敬。外衣口袋裡只有剛才收到的乒乓球。

沒去廁所，也沒把包放在哪裡，怎麼會不見了呢？想到不知道友敬會說什麼，期男的一顆心沉了下來。必須準時去摩天輪前和友敬碰面，但期男一時驚慌，忘記了應該從哪個出口穿過去。好不容易想起出口在哪邊，期男走老半天才找到天橋的方向，走到摩天輪前。幸好友敬和麥可還沒到。

期男坐在附近的長椅上靜靜地深呼吸。無論怎麼回憶，都想不起來包包會掉在哪裡。期男久違地對自己生氣。剛才還很溫暖的風瞬間轉涼，竄進了身體裡。時間過了很久也不見友敬和麥可，期男突然坐立不安。

隨著年齡增長而變得成熟，也許只意味著對環境越來越熟悉罷了。身處陌生的地方，期男才意識到自己依然是一個不成熟且膽小的孩子。期男的心彷彿變回了九歲，她像九歲的孩子一樣越來越害怕了。

一個月前，期男去珍敬家的時候，珍敬連衣服都沒換，喝得大醉趴在桌子上。期男關掉吵鬧的電視，搖了搖珍敬的肩膀。珍敬好不容易直起身體，咧著紅酒乾掉的黑嘴唇看著期男。期男什麼話也說不出來，只是站在原地靜靜地看著珍敬。珍敬臉上的笑容消失了。

「有時候，我很害怕……」

「怕什麼？」

「就是……就是害怕。媽。」

「都是大人了，有什麼好怕的。」

珍敬看著講話的期男淡淡一笑，一行淚流了下來。期男回想起珍敬的表情，把頭埋進了雙手裡。

「外婆！」

遠處傳來麥可的聲音。期男起身，朝聲音傳來的方向望去。身穿米色棉外衣的麥可朝期男跑來。看到麥可，期男這才鬆了一口氣。才分開幾個小時而已，內心的喜悅已溢於言表。期男叫麥可慢點跑，孩子還是興奮地跑來撲進了期男的懷裡。

「妳等很久了吧？」

「沒有，我剛到。」

期男搖頭說道。

「今天玩得開心嗎？」

「嗯。」

「妳都玩什麼了？」

期男正要回答，友敬走了過來。「媽，妳怎麼不接電話？訊息也不看。知道我有多擔心嗎？」

「我的包丟了。」

「錢包呢？」

「錢包和手機都在裡面。」

「在哪裡丟的？」

「那裡……」

期男指了指天橋另一頭的建築。

「真拿妳沒辦法。等我一下。」

友敬拿出手機撥打電話，講了好一陣子英文才掛掉電話。友敬把一隻手放在額頭上。

「遺失物招領處說沒有。妳確定是在購物中心裡面不見的？」

「嗯……」

「可能還沒有人送過去吧。我先留了我的電話號碼。妳錢包裡有沒有信用卡？」

「沒有。」

期男的話音剛落，友敬就一個人大步走開了。

「友敬，妳去哪裡？」

「還能去哪裡，回家啊！」

上了計程車，友敬一聲不吭。麥可就像大人哄傷心的孩子一樣，小聲給期男講起參加生日派對的事。下車走回家的一路上，友敬看上去非常疲憊。

「媽！」

友敬在廁所叫了期男一聲。

「我本來不想說的，但妳總是忘記沖馬桶。」

友敬指了指積著黃尿的馬桶。

「還有，上廁所的時候一定要把門關緊，別總是開條縫。」

「瞧我這記性，下次一定注意。」

友敬蓋上馬桶蓋沖了水。

友敬走後，期男一個人留在廁所，望著鏡子中漲紅了臉的老人。孩子們還很小的時候，她上廁所不能關門，因為孩子們會感到不安。每次期男關門上廁所，孩子就會敲門叫她開門。就這樣，期男養成了開門上廁所的習慣。在孩子長大以後，期男也會開條門縫上廁所。

期男來到客廳，友敬正坐在沙發上用韓文和某人講電話。期男走近時，友敬起身回了房間，從房門緊關的臥房傳出友敬講話的聲音。不知過了多久，門鈴響了。友敬從臥房出來，走到玄關去開門。麥可也從房間走出來。戴著機車帽的外送員把裝有米線和炒飯的袋子遞給友敬。

期男幫友敬把食物端上餐桌，擺好餐具。米線還很燙，湯頭也很濃。也許是因為很餓，平時不太喜歡的米線也變得很好吃。期男狼吞虎嚥地吃著米線。

「麥可。」

友敬叫了一聲孩子。

「媽媽不是告訴你，吃東西不能出聲，要閉嘴嚼東西嘛。」

「知道了。」

期男意識到友敬的這句話不只是針對麥可。期男為了掩飾慌張的情緒，轉移話題問道：

「剛才妳在跟誰講電話？」

「婆婆。」

「妳們好像經常聯繫。常常打給婆婆是好事，很好。」

期男為了掩飾自己的情緒，盯著米線說道。

「經常打給她，不是因為她是我婆婆。我很喜歡她。她沒少幫助我們，沒有她的話，我過得會很辛苦。」

「我也喜歡韓國的外婆。」

麥可看著友敬說。

期男無言以對。每次期男問友敬，有什麼需要媽媽幫忙的嗎……友敬從未開過口。期男不知道友敬到底需要什麼。時間流逝，期男才意識到友敬需要的只是不聞不問、不干涉她的生活。為什麼自己不可以，但詹姆斯的母親就可以呢？難道說友敬在自己身上發現了什麼決定性的缺點，就像自己存在本身是一個污點……期男無從得知。

期男慢慢地吃完剩下的米線，始終都很不自在，雙頰一直很燙。期男走到洗碗槽，倒掉剩下的湯。

「我吃飽了。我先回房間了。」

友敬沒說什麼。期男走回房間，攤開褥子靠牆坐在床上。從早上累積的疲勞席捲而來，期男闔上雙眼。沒過多久，麥可走進房間，坐在期男身邊。期男把被子蓋在孩子的膝蓋上。

「外婆。」

「嗯？」麥可一臉溫情地看著期男。

「妳是在害羞嗎？」

期男以為聽錯了，呆呆地看著麥可說：

「……外婆沒聽清。你再說一遍。」

「我問妳，是在害羞嗎？很難為情嗎？」

期男一語不發地把麥可摟入懷中。孩子身上散發著酸溜溜的汗味。

「……嗯。好像是吧。」

期男突然明白了。麥可說得沒錯，自己的確很難為情。友敬眼中的自己，孩子很早以前就離開自己的事實，最終兩個孩子沒有和解走到今天……這都讓期男感到很羞愧。一直以來，從未對抗過丈夫，而孩子們看著這樣的自己長大……這也讓期男感到無地自容。從未得到過父母的愛，但始終無法放棄希望的心……這些難以啟齒的往事都讓期男感到很羞愧，甚至羞愧到想死。

「外婆。」

麥可離開期男的懷抱，把手放在期男的膝蓋上說：「害羞也沒關係。艾蜜莉說，害羞的人很可愛。」

「艾蜜莉？」

「我的女朋友。」

麥可興奮地說。期男輕輕地撫摸麥可的頭。一頭又厚又卷的頭髮和小時候的友敬很像。

「麥可真善良。」

「嗯，媽媽也這麼說。媽媽說我很善良，就和外婆一樣。」

「真的嗎？」

「但媽媽說做人不能太善良。」

麥可看著期男，停頓了一下說：

「她說太善良不好。」

溫暖的痛楚在期男的背部和腹部擴散開來。期男撫摸著麥可的頭，輕輕地點了點頭。麥可對自己，對自己的過去一無所知。但在那一瞬間，為什麼會覺得對自己一無所知的孩子反而比自己更了解自己經歷的那些時間呢？害羞也沒關係。這句話讓期男感到難以置信，她知道永遠也不會忘記這句出乎意料的話。不知道自己的一句話在外婆心中激起波瀾的孩子侃侃而談女朋友艾蜜莉、海龜的產卵地維德角和剛出生的小海龜如何抵達大海……

看著麥可的小臉，期男知道只要再過一個季節，孩子就會忘記今天發生的事。而且再過一段時間，他也會變成遙遠且陌生的親人。但期男覺得不會再為這種事傷心了。

「外婆。」

看著在叫自己的麥可，期男點了點頭，她希望那轉瞬即逝的瞬間還沒有過去。

作者的話

出版第二本小說集彷彿還是前兩天的事，但一晃已經過去五年了。對我而言，真的就像前幾天發生的事。

準備出書的時候，我會仔細回味那些創作的時間。但我無法定義在過去的時間裡，哪裡做得好，哪裡做得不好，以及成敗與否。我不會列出失去了什麼的目錄，也不會耗費精力去回憶那些不忍想起的瞬間。我只是懷揣思念之情去放開一切，無論是創作的時間，還是我所通過的所有瞬間。將這些短篇結集成書出版，就表示我要告別過去的五年了。

我在之前居住的地方寫的這些故事，透過這本書與大家見面了。在修改這些故事的過程中，我懷揣感激回憶了三十歲出頭創作這些故事的時間。得益於那時誓死守護的信念，我才活到了今天。

我是一個從各方面來看都有很多缺失的人。從小我就經常覺得人生是一場無可奈何的刑罰，只能忍受著一切活下去。就連假裝熱愛生活的時候，我也會這樣想。但我很感謝自己的這些缺失，如今也明白了接受這一切並不容易。人生一直都是現在進行式，我只是在解決無人可以替我解決的問題，一步步前行罷了。

我與自己的缺失和平共處，既不厭惡也不覺得可憐，就只是度過著每一天。悲傷的時候懂得難過，憤怒的時候知道生氣，愛的時候感受心動。現在的我也在持續觀察著自己。

寫小說，回憶起遺忘的記憶時，我就會聆聽內心深處的自己想要傳達的訊息。寫〈播種〉的時候，我想起了當時比現在的我還要年輕的父親死裡逃生，躺在醫院病床上的樣子，整日守在醫院辛苦看護爸爸的媽媽，還有盡心盡力照顧我們姊弟的奶奶。對我們一家人而言，爸爸的重獲新生和之後的時間絕對不是理所當然得來的。但很長一段時間，我卻忘記了這一事實。我要感謝深愛的家人，感謝一直以來深入閱讀我的文字的文學村編輯們，也要感謝給予我幫助的權汝宣和鄭熙珍老師，以及梁景彥評論家。

我不善於付出和接受愛，但我似乎一直都是一個想要去愛的人。希望我的愛可以藉由這七個短篇故事傳達出去。事實上，這就是我一直以來期盼的事。

二〇二三年 夏

崔恩榮

【ECHO】MO0087

即使只是微弱的光芒

作　　　者❖崔恩榮（최은영）
譯　　　者❖胡椒筒
封 面 設 計❖朱疋
內 頁 排 版❖HAMI
總　編　輯❖郭寶秀
編　　　輯❖江品萱
行 銷 企 劃❖力宏勳

事業群總經理❖謝至平
發　行　人❖何飛鵬
出　　　版❖馬可孛羅文化
台北市南港區昆陽街16號4樓
電話：(886)2-25007696
發　　　行❖英屬蓋曼群島商家庭傳媒股份有限公司城邦分公司
台北市南港區昆陽街16號8樓
客服服務專線：(886)2-25007718；25007719
24小時傳眞專線：(886)2-25001990；25001991
服務時間：週一至週五9:00～12:00；13:00～17:00
劃撥帳號：19863813　戶名：書虫股份有限公司
讀者服務信箱：service@readingclub.com.tw
香港發行所城邦（香港）出版集團有限公司
香港九龍九龍城土瓜灣道86號順聯工業大廈6樓A室
電話：(852)25086231　傳眞：(852)25789337
E-mail：hkcite@biznetvigator.com
馬新發行所城邦（馬新）出版集團【Cite (M) Sdn. Bhd.(458372U)】
41, Jalan Radin Anum, Bandar Baru Seri Petaling,
57000 Kuala Lumpur, Malaysia
電話：(603)90563833　傳眞：(603)90576622
E-mail：services@cite.my
輸 出 印 刷❖前進彩藝股份有限公司
初 版 一 刷❖2024年04月
定　　　價❖380元
定　　　價❖266元（電子書）

國家圖書館出版品預行編目(CIP)資料

即使只是微弱的光芒 / 崔恩榮著；胡椒筒譯. -- 初版. -- 臺北市：馬可孛羅文化出版：英屬蓋曼群島商家庭傳媒股份有限公司城邦分公司發行, 2025.04
面；　公分. --（Echo；MO0087）
譯自：아주 희미한 빛으로도
ISBN 978-626-7520-76-5（平裝）

862.57　　114002427

This book is published with the support of the Literature Translation Institute of Korea (LTI Korea).

ISBN：978-626-7520-76-5（平裝）
EISBN：978-626-7520-78-9 (EPUB)

城邦讀書花園
www.cite.com.tw